Ludovico Antonio Muratori

Della forza della fantasia umana

Ai lettori

Il sapere, cioè l'essere dotto, e l'ignoranza, cioè il non sapere di lettera, costituiscono due diverse repubbliche, spezialmente in Europa, e queste di fortuna ben diverse. Cioè la prima creduta felice e gloriosa, e l'altra ignobile ed infelice. L'ignorante per lo più stima, e talvolta anche ammira i dotti; e all'incontro proprio è de i dotti il mirar con compassione, e talvolta con disprezzo la condizion degl'ignoranti. Né può già mettersi in dubbio, che dall'ignoranza scaturiscano molti mali, e dal sapere assaissimi beni. Contuttociò due curiose lezioni accademiche si potrebbono formare, nell'una per mostrare, quanti beni accompagnino l'ignoranza; e nell'altra per accennare, quanti mali provengano dallo stesso sapere. E giacché alcuni dotti deridono la goffaggine di tante persone, potrebbono vicendevolmente anche gl'ignoranti ridere dietro a i dottori, se arrivassero a conoscere, quanta sia la moltitudine delle cose che queste arche di scienza non possono sapere, e quanta l'altra delle cose, che molti scienziati ed eruditi credono di sapere, e pur non sanno. Però chiunque è saggio, applicandosi allo studio delle lettere, non solamente mai non insuperbisce, non isprezza chi non sa; ma impara anzi ad umiliarsi, perché viene a chiarir la limitazione del proprio intelletto, e l'insufficienza sua ad iscoprire l'essenza, le cagioni, i moti, e le modificazioni di tante cose, dalle quali per altro è certa ed indubitata l'esistenza. Ora non vi ha altro oggetto, che dopo il sommo e adorabile principio nostro Iddio, tanto importi all'uomo di conoscere, quanto l'anima nostra. E pure convien confessarlo, questa mirabil fattura delle mani di Dio resta attorniata da non poche tenebre; quest'anima, che conosce tante e sì varie cose fuori di sé, pena di molto a conoscere se stessa. Siam certi della sua esistenza. La filosofia ci somministra argomenti fortissimi, per asserirne la spiritualità ed incorruttibilità, sia la sua immortalità; e di queste sue prerogative siam poi assicurati dalla santa religione di Cristo. Ma come ella operi nell'interno nostro, & onde vengano tanti bei concerti, ed anche sconcerti ed errori; tante buone o perverse elezioni, per tacere non poche altre quistioni intorno alla medesima: noi non arriviam bene a discernerlo. E ciò, perché si tratta di uno spirito, o sia di una sostanza spirituale, non avendo noi un'idea completa di quel che è spirito, né potendo i sensi aiutarci punto a tale scoperta, perché solamente messaggieri della superficie e modificazione esterna delle cose materiali. Se troviamo anche del bujo intorno alle ruote interne della parte corporea dell'uomo: quanto sarà poi più facile l'urtar nelle tenebre intorno alla parte spirituale del nostro composto, che non è suggetta alla giurisdizion de' sensi.

Tutto questo nondimeno non fa, che ci manchi il sole, allorché parliamo dell'anima nostra; imperciocché restano chiari gli effetti maravigliosi di questa nobile sostanza; ed essi conducono ogni sano intelletto a riconoscerne la suprema cagione, e ad ammirar la penetrazione e la forza a lei data da Dio, per muovere e regolar dispoticamente le azioni contingenti del corpo, per maneggiar le scienze e le arti necessarie o utili al buon governo de' popoli, e per procacciar tanti beni e comodi alla vita umana. Né pure sappiam determinare, di che sia composto lo sterminato corpo del sole; né come esso mai non resti esausto per tanta espansion di fuoco e di luce; né se stia fermo o si muova, per tacer tanti altri fenomeni spettati ad esso, e a i suoi pianeti. Ma non lasciam per questo di avere evidenza del sole, e di tanti suoi benefici effetti. Avendo io pertanto trattato in un precedente Opuscolo delle forze dell'intelletto umano, ho creduto non inutil fatica il trattare ora delle forze della fantasia umana, o sia dell'immaginazione o immaginativa dell'uomo, cioè di quell'arsenale, di cui l'intelletto, potenza o sia facoltà spirituale, si serve per pensare e discorrere sopra un'infinità di cose, che egli apprende e conosce per mezzo di questa materiale potenza. Così oso ed oserò io di nominarla, chiedendone prima licenza da i signori filosofi. Certo è, che c'incontriamo ancor qui in diversi burroni, entro a i quali non può penetrare il guardo nostro. Tuttavia abbastanza abbiam per asserire col consenso de' migliori filosofi l'esistenza della fantasia nel capo dell'uomo; e per riconoscere, che spezialmente in essa consiste il commercio dell'anima col corpo; e che l'influsso della medesima fantasia gran parte ha non solamente nelle meditazioni, ma anche nelle azioni umane, e sopra tutto nelle morali. E se è così, ne vien per conseguenza, doversi tenere per cosa di non lieve importanza lo studiarsi per quanto si può, di scoprire ciò che sia, ciò che possa, e ciò che più spesso operi la nostra fantasia in utile o danno non men della repubblica, che delle private persone.

Ha già quasi un secolo e mezzo, che Tommaso Fieno da Anversa medico pubblicò un suo trattato de viribus imaginationis, a cui non mancò plauso in que' tempi, perché lavorato con tutti gl'ingredienti e l'apparato della scuola peripatetica, la quale era tanto allora in voga, cioè con quistioni, conclusioni, obbiezioni, e risposte, e con decidere sempre secondo la vera, e creduta mente dell'irrefragabil Aristotele, di Avicenna, di Averoe &c. Vivande tali, così secche, e mal condite, non si confanno più col palato de' moderni. Ma quel, che più importa, il titolo di quel libro promette molto, e dà pochissimo. Cioè invita i lettori ad un ricco e lauto banchetto; e poscia alle pruove si trova ridursi tutto lo studio di esso autore, a cercar solamente, se la fantasia possa crear morbi nel corpo proprio o altrui, e curarli; e se quella delle madri abbia forza sopra i loro feti: nel che si occupa la maggior parte di esso libro. Oh ben più vasto è il campo della nostra immaginazione, ed assaissime altre ricerche restano da fare in quel recondito magazzino; in guisa che ancorché io sia per proporne non poche altre, che giudicherò più a proposito, tuttavia né pur mi lusingo di aver pienamente esausta questa materia. Non aspetti poi il lettore, ch'io mi metta a riferire, quai fossero i sentimenti degli antichi filosofi intorno alla fantasia, né dove i peripatetici la allogassero, e come la dividessero in più funzioni. Il Gassendo ha soddisfatto a questa parte di erudizione, la quale per altro a nulla serve per farci intendere il vero sistema della nostra immaginazione. Sia in oltre a me lecito il toccar lievemente ciò, che per conto di essa appartiene alla medicina, essendo certo, che possono provenir molti dissordini e malori al corpo umano a cagion della fantasia o troppo agitata o lesa; siccome all'incontro la medesima ha forza di guarire anche istantaneamente alcuni mali, massimamente nelle donne, cagionati da ostruzioni de' fluidi, e dall'impedita circolazion degli spiriti animali, e vitali. Intorno a ciò son da vedere varj medici, che ne han trattato, e ne parla anche il suddetto Fieno, con dottrine nondimeno, che oggidì farebbono torcere il naso, o sbadigliare, se ardissero di venire a mercato. Finalmente trattandosi di materia di difficil digestione, non si han da aspettare da me, molto men da esigere dimostrazioni in quello, che sarò per dire. Non si è trovato, né si troverà mai microscopio, che ci conduca a discernere le maniere, che tien l'anima, perché spirito invisibile, nelle sue funzioni. E quantunque sia da noi creduta la fantasia una facoltà materiale, e la sua sede nel cerebro: pure né men colà potrà mai penetrare l'occhio nostro, per iscoprirne le da noi appellate idee e fantasmi. Convien ancor qui, come in tante altre ricerche, contentarsi del verisimile; e chi più di questo può apportarne, maggior plauso ancora ne dee sperare.

CAPITOLO PRIMO

Della differenza dell'intelletto e della fantasia umana, e particolarmente della prima di queste due potenze.

Allorché il filosofo cristiano si mette a meditare tanti e sì varj enti, che compongono l'universo mondo, non può dispensarsi dallo stupore in osservando la sorprendente grandezza, o l'ingegnosa struttura, o l'ordine maraviglioso di un gran tutto, e di tante sue parti. Questa meditazione non solo è sufficiente ad alzare, ma necessariamente alza il pensiero umano a riconoscere un ente superiore, perfettissimo, eterno, esistente da sé, dotato d'infinita potenza, per formare un sì vasto e maestoso emporio di creature, e d'infinita sapienza, per architettare una sì prodigiosa ed ampia fabbrica con tanto artifizio, e con sì ingegnoso legamento di tutte le sue parti. Ma delle cose, che si veggono su la terra, niuna è capace più dell'uomo stesso di darci una grande idea di questo sapientissimo e potentissimo artefice, che noi appelliamo Iddio. Ordinariamente si suol dare all'uomo il pomposo titolo di microcosmo, o sia di un picciolo mondo. Non ardirei dire io, che a me, e a pari miei convenisse un sì glorioso nome. Quel che nondimeno è certo, una mirabil fattura delle mani di Dio merita ben l'uomo di essere chiamato. Se si considera la parte sua corporea, per cui è simile agli animali, sì varie, sì delicate, sì artificiose troviamo le ruote, cioè i solidi e i fluidi, e gli organi e i sensorj di questa macchina, che insensato convien che sia, chi non passa ad ammirare e benedire l'invisibile, ma necessario, autore di opera sì industriosa. Molto più senza paragone dee eccitar lo stupore, considerato l'uomo nella più nobil parte sua, cioè nell'anima ragionevole, per cui si assomiglia agli angeli, la quale unita al corpo, qual regina ivi comanda, e coll'ajuto di questo suo servo tante cognizioni acquista nelle scienze, nell'arti, e nelle umane azioni, che tutte possono cooperare alla conservazione, al comodo, diletto, e buon regolamento sì della repubblica, che di cadaun particolare.

E pure di queste due sostanze, che compongono l'uomo, l'una spirituale ed incorporea, e l'altra materiale, quante cose ci sono, che si nascondono al nostro guardo? Ne conosciamo chiaramente gli effetti; ma non possiam giungere a discernere molte delle cagioni e maniere del loro operare, perché i sensi nostri non han forza di penetrare in quel gabinetto, né di osservare i varj loro ordigni e movimenti. Per quel che riguarda l'anima, certo è sentirsi da noi, che la sede sua propriamente nel capo nostro; ma con tutto questo non ne possiamo assegnare il preciso suo sito; e l'averla il Descartes collocata nella glandola pineale, tuttoché sia una lodevole immaginazione, pure non è più che una immaginazione. Per conto poi della fantasia troveremo esserci nell'esame di essa non poche cose incomprensibili, e contuttociò innegabili. Il che nondimeno non ha da trattener noi dal considerar questi arcani, per ricavarne quel più probabile o verisimile, di cui è capace il corto nostro intendimento. Presentata una mostra da orologio ad un rozzo contadino, egli osserverà ed ammirerà quel regolato modo, che ci fa avvertiti del corso e della divisione del tempo; ma non saprà immaginar la cagione di quei movimenti sì ben concertati, se non si apre quella macchinetta, per fargli veder le ruote, e se non gli si dia ad intendere la forza della molla occulta. La prima volta, che l'orologio da ripetizione fu portato in Francia dall'Inghilterra, per dono fatto dal re Carlo II al re Luigi XIV né pur seppe l'orologiere di esso re scoprirne il segreto, perché nascoso dagl'inglesi, finché una persona più di esso perspicace arrivò a discernere tutto. Tanto non possiamo sperar noi nella considerazione di assaissime fatture, che vengono dalla mano di Dio, artefice, senza alcun paragone più saggio & industrioso, che tutti gli uomini; e molto meno in contemplando la più ingegnosa delle poste sulla terra, cioè dell'uomo stesso. Quel solo, che a noi è permesso, consiste in conoscere mercé della diligente notomia, da assaissimi ingegni e strumenti confermata, la struttura delle parti più grossolane del corpo umano, perché sottoposte all'esame degli occhi. Ma non per questo abbiam maniera di ravvisar moltissime segrete vie e forze dei fluidi e dei nervi del corpo umano. Tutto dì abbiamo in bocca gli spiriti animali, cioè gl'immaginiamo senza mai averli veduti, e senza poterli vedere. Tuttavia discutiamo intorno alle cagioni della digestione, cioè di quella maravigliosa trasformazione di uno, o pur di differenti cibi in chilo e latte. Più stupenda ed incognita ancora è la costituzione e forza del seme, con altre particolarità spettanti alla generazion dell'uomo e degli altri animali, e alla trasformazione di varj insetti. Quanto più si studia, tanto meno s'intende di questi ed altri simili effetti naturali; e solamente intende il saggio cristiano filosofo, che dobbiam tanto più riconoscere e lodare quella sapientissima mente e cagione, che ci ha fabbricati, quanto men sappiamo scoprire le finezze del suo ascoso artifizio.

Prima dunque di metterci in cammino, per conoscere qual cosa sia la fantasia dell'uomo, di cui ora prendo a ragionare, convien osservare l'essenzial differenza, che passa tra essa fantasia, e la mente umana. A me sia lecito colla scorta dei più accreditati filosofi di mettere due distinte potenze nell'uomo, l'una spirituale, l'altra corporea. La prima, è da noi appellata mente, o sia intelletto ed intendimento umano, che è la facoltà primaria e più essenziale delle creature ragionevoli, o la funzione più rilevante dell'anima nostra. Vi ha qualche moderno filosofo, che non vuol riconoscere in essa anima umana per due facoltà distinte l'intelletto e la volontà, sostenendo essi, che l'intendere e il volere non sono che azioni diverse della medesima anima. Poco importa il disputare di questo. Per fare in quella maniera, che si può qualche notomia dell'indivisibile spirito umano, e delle sue azioni, sempre gioverà il valersi della distinzione suddetta d'intelletto e volontà, come di due facoltà o potenze, che producono atti molto differenti fra loro. Aristotele e i suoi seguaci immaginarono nell'anima dell'uomo altre potenze, come la cogitatrice, l'estimatrice, la memoria, la reminiscenza, la conformatrice, la concottrice, l'appetitiva, le motiva, ed altre simili, che son tutte divisioni ideali, benché certi sieno gli atti attribuiti a queste immaginate potenze. Situarono ancora nella parte deretana del cerebro la facoltà memoratrice; la fantasia nella parte anteriore di esso cerebro, o sia nella fronte; e l'intelletto nel mezzo di questo. Ma noi possiam bene immaginare così fatti ripostigli e partimenti nel capo umano, ma senza poterne rendere ragione o pruova alcuna, che vaglia. È lecito bensì agli astronomi il dividere in varie provincie il disco lunare, e dare il suo nome a cadauna di esse, perché quel globo lo veggiamo, ed è infallibile contener esso una vasta estensione, quantunque inferiore di molto all'ampiezza del globo nostro della terra. All'incontro microscopio non si dà, che possa scorgere le sedi e la maniera delle sottili mozioni dell'anima umana. È assai, che perfettamente conosciamo queste mozioni. Quanto all'argomento, che io mi son proposto di trattare, convien ravvisare attentamente ciò, che significhi intelletto, che anche si vuol appellar mente. Noi con questo nome intendiamo la facoltà o potenza, che ha l'anima nostra di pensare, cioè di apprendere le idee delle cose, di combinarle, di divederle, di astraere, di giudicare, di formar assiomi universali, di raziocinare, di far altre simili azioni, delle quali è solamente capace un ente ed agente reale spirituale, ed è incapace la materia, per quanto si voglia organizzata e sottilizzata.

Mirate ora la gran serie delle fatture, onde è composto il cielo e la terra, tutte procedenti a dirittura dalle mani dell'onnipotente Creatore, senza che alcuno degli uomini sia intervenuto ad ajutarlo, essendo l'uomo interamente anch'esso una di queste fatture. Che magnificenza, che varietà, che artifizio, che ordine da pertutto! Perché siamo assuefatti a veder tutto dì le opere di Dio, né ci mettiam mai a considerarle per tutti i lor versi, né ci compariscono per maraviglie, come sono in fatti. Rivolgetevi poscia ad un'altra innumerabil serie di cose, tutte nate dall'industria e dal raziocinio del uomo, e troverete ancor qui un altro ampissimo teatro di meraviglie. Tutte le scienze e l'arti riconoscono il lor principio, progresso, e compimento dall'intelletto umano, che raziocinando, cioè inserendo una cognizione dall'altra, ha provvisto al bisogno, ha moltiplicato i comodi della vita umana, ed ha scoperto il vero, il buono, e moltiplicato il bello di tante cose, per rendere più felice il nostro genere, se sappiamo servircene in bene. Di tutto si dee la gloria a Dio, perché dono suo è quell'intelletto medesimo, la cui industria ha prodotto e va producendo tante invenzioni ed opere della mano degli uomini, che si mirano nella vasta fiera del nostro basso mondo. Ma questo motore immateriale, che da noi si chiama intelletto o mente, poco avrebbe fatto, poco potrebbe operare nello stato presente della vita, se il supremo artefice non ci avesse forniti dei sensi e della fantasia, cioè di organi materiali, che avvisassero la mente degl'infiniti oggetti esterni, e delle lor configurazioni, movimenti, ed effetti. L'anima ragionevole, chiusa nel capo umano, non è diversa da un re o regina, che sempre se ne stesse ritirata nel suo gabinetto. Conoscere e reggere i suoi sudditi non sarebbe permesso a questo regnante, ove non tenesse molti, e varj ufiziali, che di mano in mano fedelmente gli riferissero, quanto succede nel popolo e fra i privati. Tale ognun può scorgere, che è il sistema dell'uomo. Siccome vedremo, i sensi quei sono, che dan ragguaglio alla fantasia di quanto essi han raccolto dall'esistenza delle figure, e dalle azioni de' corpi, o sia degli enti materiali. Per mezzo poi della fantasia questa relazione passa all'anima, cioè alla mente, la quale per tal via giunge a conoscere entro il capo con tal sicurezza per lo più le cose poste fuori di noi, come se a dirittura le vedesse, le udisse, le toccasse &c. Passiamo dunque ad osservare, qual cosa sia la fantasia, e a dirne quel che si può: giacché Dio l'ha formata in maniera, che per varj riguardi può anch'essa entrar nella classe degli arcani.

CAPITOLO II

Della fantasia, delle sue funzioni e sede.

Oltre alla potenza spirituale ed incorporea, che appelliamo mente, abbiam messa nell'uomo un'altra corporea e materiale, a cui diamo il nome di fantasia. Pitagora, Platone, Aristotele, e i lor seguaci insegnarono questa dottrina. Immaginò esso Aristotele anche un senso comune, come distinto dalla fantasia; ma non ci è necessità di moltiplicar qui gli enti, bastando la fantasia unita con la mente per le funzioni interne dell'anima umana. Né solamente gli antichi han riconosciuta questa potenza, ma ancora il Gassendo, il Descartes, e gli altri filosofi moderni, di modo che ben giusto è l'uniformarsi con loro per ammetterla. E tanto più, perché la sperienza ce ne somministra dei troppo vigorosi indizj. Certo se attentamente consideriamo noi stessi, apparisce tosto, che i cinque sensi dell'uomo nelle persone svegliate, applicati che sieno agli oggetti presenti, possono informar l'anima, che un corpo esiste; che ha la tal figura, il tal colore, suono, odore, che ha movimento, o quiete; che è un solo, o molti, e così discorrendo. Queste non sono che sensazioni. Da che il senso ha ricevuta l'impressione di quel oggetto, ancorché noi non ne scorgiamo la certa maniera, pure fondamente crediamo, che l'idea o sia l'immagine, o il carattere, in una parola qualche notizia di esso oggetto sia portata per mezzo dei nervi e degli spiriti animali al cerebro, e vada ivi a conficcarsi in quelle cellette, e in quelle piegature delle quali è composto esso cerebro. La notomia di questa principal parte del corpo umano fu fatta dal celebre Willis. Ma son anche da vedere lo Stenone, il Vieussen, e il Ridley, altri ingegni inglesi, che nella stessa notomia si sono esercitati, e pretendono di aver trovato errori in esso Willis, e di spiegar meglio tutto ciò, che appartiene al cerebro nostro. Altra cagione non si può ragionevolmente immaginare, per cui l'adorabile nostro artefice Iddio abbia nel capo nostro collocata quella massa di materia molle, e vischiosa, se non perché ivi s'imprimano e si conservino le specie & idee delle cose colà portate dai sensi, affinché servano poi come magazzino della memoria. Per questo anche i bruti ne son forniti a proporzione del loro bisogno, e del fine, per cui furono creati. L'uomo supera gli altri animali nella copia del cerebro, e nell'ingegnosa struttura del suo capo: benché forse dalla qualità del sangue possa venire la maggiore o minor forza ed attività del cerebro, o pur da altre minute sconosciute ruote, che formano poi la diversità dei cervelli per conto dell'ajutar l'anima a intendere, a ricordarsi, e ad altre azioni, benché la grossa organizzazion del capo sia la stessa in tutti. Qual poi sia l'ufizio particolare del cerebello, secondoché si osserva in notomia diviso, e distinto dal cerebro stesso, per quanto si possa dire ed immaginare, non avremo mai a saperlo. Ora considerando noi, come vada a terminare ad esso cerebro ogni nervo sparso pel corpo, e vegnente dagli occhi, dalle narici, dalla lingua e dal palato, dagli orecchi, e dalle mani: giustissimo fondamento abbiam di credere, che essi sieno il veicolo proprio, per cui l'azione dei sensi passi al cervello, e vada ad imprimere in esso un'idea, o immagine, o specie, o vestigio della cosa o veduta, o udita, o odorata, o gustata, o toccata. Oltre a ciò hanno i dotti immaginato, che si dieno certi spiriti, appellati da essi animali, prodotti dalla parte più sottile del sangue, agilissimi ed invisibili, che scorrendo per essi nervi, immediatamente rapportino alla fantasia le ambasciate dei sensi. Non mancano già persone, siccome dissi, che chieggono, se alcuno abbia mai veduti questi spiriti animali, e li tengono per un'immaginaria invenzione di chi non sapendo spiegar le cose, forma nel suo cervello degli ordigni a suo piacimento, senza poterne punto provar l'esistenza. Certamente furono messi in dubbio, o pure derisi questi spiriti dal Ridloo, dall'Argentiere, dallo Stahlio, dal Goeliche, e da altri, nella stessa guisa che parecchi non sanno indursi ad accettar la materia sottile introdotta nel mondo terraqueo dagli antichi filosofi, e risuscitata dal Descartes per sostenere la negazion del vacuo, perché niuna notizia ce ne danno i sensi, e nulla serve in fine per negar esso vacuo. Contuttociò essendo una proprietà dei corpi tanto solidi, che fluidi, e spezialmente degli ultimi, di tramandar effluvj, che spiriti ancor si nomano; sembra non solamente probabile, ma quasi necessaria la supposizion dei suddetti spiriti animali nella parte nervea, destinata dall'Artefice superno per portare con tanta celerità al cerebro le male idee delle cose, che son fuori di noi, servendo poi la fantasia di esse imbevuta, all'anima di specchio per apprenderle ed esaminarle. Solamente convien por mente, che per conto della visione potrebbonsi credere non necessarj essi spiriti animali; imperocché la luce (senza di cui nulla vediamo) passando per la retina dell'occhio, quella è, che porta al cerebro, o sia alla fantasia, tanto la figura, quanto il colore, ed altre modificazioni dei corpi da noi veduti. Ma questo medesimo effetto della luce, cioè di una materia la più sottile, che conosca, ed entrante nella categoria delle cose spiritose, ci fa intendere, che anche gli spiriti animali, procedenti dagli altri sensi, possono trasportare alla fantasia la notizia dell'altre modificazioni dei corpi, che appartengono alla loro giurisdizione.

Ora questa fantasia vien chiamata da Aristotele, come ancora dal Gassendo, facoltà conoscente, o conoscitiva, troppo impropriamente a mio credere. Della sola anima, o sia della mente è proprio il conoscere, e non già del corpo, e della materia, quale dicemmo essere la stessa fantasia. Sia poi permesso a me di chiamare essa fantasia una potenza o facoltà corporea, senza prendere nel suo rigoroso significato il nome di potenza: e questa situata nel cerebro; cioè in una sostanza materiale, e composta de' vestigj de' corpi, ad essi portati dall'azione de' sensi. Le forze non dirò attive, ma impulsive della materia messa in moto non si possono negare, tuttoché resti sempre scura la maniera, con cui lo spirito muove la materia, e vicendevolmente la materia muove lo spirito. Elia Camerario tedesco nel suo libro intitolato, Medicinae ac Physicae Specimina, impugnò l'esistenza della fantasia, e l'impression delle immagini, o sieno idee nel cerebro nostro; e ciò perché non si può vedere, né esaminare quell'arsenale, né si sa intendere, come nella struttura meccanica di esso cervello possa allogarsi l'innumerabil copia di tanti oggetti. Fu egli perciò di parere, che questa incredibil copia d'idee vada ad imprimersi nell'anima stessa, e quivi si conservi. Di ciò diremo qualche cosa al capitolo IV seguente. Intanto ricorderò io, avere i medici più e più volte osservato, che offeso il cervello per qualche caduta e ferita, vengono a cancellarsi le idee ed impressioni, che formavano l'officina della fantasia. Si son trovate ancora febbri di sì violenta natura, che han fatto perdere la memoria di quanto si era dianzi imparato: il che vuol dire, siccome faremo conoscere, che hanno saccheggiata la fantasia, sede della medesima memoria; di modo che restituita la sanità, è convenuto a quelle persone, tornar nuovamente a studiare per sapere infin leggere e scrivere. Finalmente non si può negare, che ancora i bruti abbiano la fantasia, maggiore o minore, secondoché richieda la lor diversa natura. A questo fine lor pure Dio ha forniti non men di organi, che di cerebro, ed osserviamo, che non manca loro almeno un'apparenza di memoria. Conseguentemente anche nella parte corporea dell'uomo ha da essere situata la provincia della fantasia. Passiamo ora a misurar l'erario di questa, siami lecito di dire facoltà o potenza, che troppo diverso è secondo la diversità delle persone. Si è disputato, e si disputa tuttavia, se noi abbiamo idee innate del vero, e del buono, le quali dall'utero materno passino con esso noi all'uso della vita. Gli uni pretendono, che tali idee sieno congenite coll'uomo; e che si svegliono dalla riflessione. Sostentano gli altri, e forse con più fondamento, che queste solamente si acquistino col riflettere sopra le cose. Aggiungasi ancora il p. Malebranche, che immaginò, veder noi tutti in Dio: opinione, che appena nata, è morta in fascie. Ma quando si conceda (e questo lo dee concedere chiunque non corrotto da malvagie passioni sa filosofare) che si danno delle idee eterne ed immutabili, come sono l'esistenza di Dio, il vero distinto dal falso, il giusto distinto dall'ingiusto, dell'ordine distinto dal disordine; e potendo l'uomo col raziocinio e coll'ajuto della coscienza scoprire e conoscere la sussistenza di tali idee: poco infine conta lo sforzo di chi le niega nate con esso noi. Certo è intanto, che nascendo l'uomo, allora non apparisce, ch'egli abbia cognizione o idea di cosa alcuna. E dicendo i cartesiani, che l'anima umana sempre pensa, e ciò accadere anche, allorché il feto animato sta chiuso nell'utero materno, non è facile, che provino così larga proposizione con buone ragioni. Quel sì che quotidianamente sperimentiamo, si è, che i bambini a poco a poco cominciano a provvedere ed arricchir la loro fantasia d'idee e di parole, cioè di segni per esprimere esteriormente ciò, che nel loro interno hanno appreso. E quanto più van crescendo, tanto più si va aumentando quel mirabile magazzino; con giugnere a distinguere tanti oggetti l'uno dall'altro, e a conoscere, quali parole s'abbiano ad usare, per significar questa e non altra cosa. L'idee di quegli oggetti già son fitte nel cerebro; quanto più si va spiegando la forza innata della ragione, e i sensi van riferendo gli oggetti, tanto più si acquista di cognizioni & idee.

Adunque gli occhi ordinariamente sono de' primi ambasciatori, che portano qualche notizia degli esterni oggetti entro noi. La luce vegnente da i corpi ha da Dio ricevuta questa abilità di passar per l'occhio, e per gli suoi nervi, come fa per gli cristalli; e giugnendo con l'immagine di essi corpi, di cui è imbevuta, alla tavola rasa, per così dire, del cerebro, ve l'impronta. Per mezzo ancora dell'orecchio, e de' suoi nervi sensorj, il suono diverso delle parole, a cui la mente applica il significato, si va di mano in mano imprimendo in essa fantasia. E così proporzionatamente fan gli altri sensi. Certamente conviene a i soli fantasmi, procedenti per la via degli occhi, il nome d'immagine, o sia d'idea, che io mi prendo la libertà di chiamar lo stesso. Ma qual nome daremo a gli altri fantasmi, che riceviamo dall'udito, dall'odorato, dal gusto, e dal tatto? Impressioni, traccie, vestigi delle configurazioni, e de i movimenti di que' corpi possiamo appellarli. Ma chieggo qui io licenza di poter nominare come tanti altri fanno immagine o idea qualunque notizia delle cose esterne, che vada a conficcarsi nel cerebro, o sia nella fantasia, perché infine quell'impressione, traccia o vestigio, rappresenta alla fantasia in certa guisa un'immagine della cosa, che il senso ha appreso nell'applicarsi, che ei fa ai corpi presenti, come farebbe un cavallo, una quercia, uno sprone, la pioggia &c. Sicché concorrono tutti i sensi ad accrescere il capitale della fantasia; e poi per mezzo di essa fantasia la mente umana viene a conoscere tante cose corporee, che son fuori di noi, col mirare i loro fantasmi, subito che pervengono alla fantasia: e da che son fissati ivi, può del pari essa mente, ogni volta, che n'abbia bisogno, tornare a considerarli, per formar con essi le tele de' suoi pensieri. E pur qui non è ristretto tutto il fondaco dell'umana fantasia. Queste finora non son che idee di cose corporee e materiali, suggette alla giurisdizion de' sensi. L'anima anch'essa la provede di un'amplissima copia di altre idee, che si chiamano intellettuali o spirituali, perché o scoperte o formate dall'intelletto umano, e separate dalla materia. In questa schiera son comprese tutte le verità, che dicemmo chiamarsi da i cartesiani eterne, o immutabili, e che son da loro divise in geometriche, numeriche, e metafisiche. Certamente, che due e due facciano quattro; che il tutto sia maggior della sua parte; che un triangolo sia una superficie terminata da tre linee; son verità stabili di ogni tempo, e ravvisate dall'intelletto, e non materiali in sé stesse. Così l'idea di Dio, della stessa verità, della bontà e bellezza, del tempo, dell'esistenza, ed essenza, delle cagioni, relazioni, ed assaissime altre, appartengono alla giurisdizione della mente nostra, siccome potenza capace di raziocinare, con dedurre una cognizion dall'altra, con astraere, dividere, combinar le idee, formar gli universali delle cose, e fare altri simili atti, a' quali non può mai giugnere né il senso, né la fantasia dell'uomo. Sembrerà forse, che quest'altro sì dovizioso apparato d'idee depurate da ogni materia non possa entrare nel magazzino della fantasia potenza materiale. Ma abbiamo la sperienza, che anch'esse ivi si vanno ad imprimere, e che la mente ve le truova scritte e improntate ogni volta, che ne ha di bisogno. Imperciocché la mente stessa con segni sensibili, concepisce e determina le nozioni non sensibili, cioè con parole, locuzioni, e figure, le quali rappresentano l'oggetto inteso dalla potenza spirituale. Abbiam parole, che esprimono gli assiomi, i generi, le specie, la grandezza, e simili nozioni metafisiche. Abbiamo numeri, che ci fanno intendere ciò, che l'algebra ci viene insegnando. E la geometria ha linee, che indicano i concetti astratti e spirituali di questa professione. Però anche le idee intellettuali vanno ad accrescere l'emporio della fantasia, cioè quel libro, che continuamente sta aperto davanti all'occhio interno della mente, per potere scegliere di tanto in tanto quelle, che han da servire all'ordinario parlare degli uomini, alla meditazione, al raziocinio. Finalmente per conto degli universali, benché il Gassendo pretenda, che la fantasia non riceva se non le cose singolari; nel che io non intendo di contradirgli: pure è certo, che mirando un esercito schierato, una mandra di pecore, o cavalle, si va ad imprimere questa immagine, quasi un tutto, ed una cosa sola, nel cerebro nostro. A formar nondimeno l'idea metafisica dell'universale, del genere, e della specie, non vi ha dubbio, si richiede la forza e il lavoro dell'intelletto.

CAPITOLO III

Che la fantasia è un meraviglioso lavoro della potenza e sapienza di Dio.

Chiunque sa contemplar le opere di Dio in tante fatture, che vengono a dirittura, come siam soliti a dire, dalla di lui mano, facilmente truova essere il più mirabil magistero quello dell'uomo, e spezialmente l'anima ragionevole da lui fabbricata ad immagine e similitudine sua. Ma nell'uomo noi non siam soliti a ben considerare, quanto sia meravigliosa l'architettura della sua fantasia; e pur lo merita ben essa per darne la dovuta lode a quell'infinitamente saggio ed onnipotente artefice, che solo può e sa far cose grandi. Abbiam detto, che l'anima umana sta chiusa nel capo nostro, come in una nobil prigione, o per dir meglio in un gabinetto regale, dove esercita il suo imperio. Ministri suoi sono i sensi, la fantasia, il libro, dove ella va a suo piacimento leggendo, quanto de' corpi esterni, e delle cose passate e presenti ivi si truova scritto; la meditazione sua forma il consiglio segreto di questa regina, dove si van ventilando le varie materie occorrenti, e si prendono le risoluzioni. A noi sembra, che l'anima esca fuori del suo picciolo palagio, allorché indirizziamo i pensieri alle cose, che son fuori di noi, e lontane da noi, come quando un amante pensa ad un oggetto amato; il viandante alla nota città dove è incamminato; la madre a i figliuoli, che ha lasciato in casa. E pure il pensar dell'anima altro non è, che un considerar l'oggetto, che sta dipinto nell'officina della fantasia, cioè un ritratto vivamente rappresentante ciò, che si truova lungi da noi. Osservate ora il capitale di tante idee, o immagini, o impressioni, o caratteri delle cose, sì materiali, o vogliam dire sensibili, che intellettuali, allogate ed impresse nel cerebro, o sia nella fantasia dell'uomo. Diversissimo è questo erario secondo la diversità delle persone. Il nato ed abitante in un guscio, poche e dozzinali idee possederà al rovescio di tanti altri, che tanto sanno. Ognun può vedere in altri, o in sé stesso, quanto sia ristretto il capo nostro, non più grande di un poppone, e quanto minore anche sia la circonferenza del cerebro umano, dove risiede la fantasia, spogliato che sia del cranio, e di ogni altro suo tegumento. Nulladimeno questo picciolo sito quante cose (Dio buono!), cioè quante idee contiene giammai, ancorché niun di noi sappia dire, come sieno formate, come allogate, come ordinate nel cerebro nostro! Figuriamoci una persona, che abbia imparato varie lingue o idiomi, per esempio la latina, l'italiana, la franzese, l'inglese, la tedesca, ed altre. Le parole, le frasi di tutte queste lingue, che sono di sterminato numero, son tutte impresse nella fantasia, e le ha in pronto l'anima col loro significato, ogni volta che vuol discorrere in uno di que' linguaggi. Se poi questa persona ha letto molto di storici, di poeti, di filosofi, e libri di altre materie, ed è fornita di buona ritentiva: nel cerebro suo si truovano conficcate tali notizie, che possono essere innumerabili. Al teologo, al leggista, al medico, al matematico, e così agli altri applicati a qualche scienza od arte, ponete mente: chi può annoverare i tanti assiomi conclusioni, ragioni, e fatti, che cadauna di esse professioni ha somministrato alla lor fantasia? Oltre a ciò non vi ha uomo, che nel suo cervello non conservi le idee di tante persone, colle quali ha conservate e conserva, e quelle della città, ove egli abita, e di tanti altri luoghi da lui veduti, e di tanti sensibili oggetti ivi osservati; e di ciò, che è accaduto a sé, e a tante altre persone, e queste idee bene spesso accompagnate dal tempo e luogo, in cui le tali e tali cose avvennero. Tirate ora il conto, se potete, di queste idee ed immagini, che si possono trovare nella testa di un solo uomo: troverete, che ascendono a milioni. E pure tutte stanno impresse in così poco spazio, come è il cerebro dell'uomo. Maravigliose son queste, alle quali né pur giugne la nostra comprensione. E tanto più, perché in questa inestimabil copia di nozioni & idee non suol di ordinario seguir confusione, né l'una bene spesso va a cancellar l'altra. S'io mi pruovo a scrivere in una carta assaissime lettere, arriverò per minute che sieno, a veder presto la carta, che non ne capisce di più; e volendone aggiungere dell'altre, mi converrà sfigurar quelle, che prima occupavano quel sito, e col nuovo inchiostro le sottrarrò alla mia vista. Non è già così della fantasia umana. Ogni dì si fa giunta di nuove idee alle vecchie, e queste ivi truovano il luogo per lo più senza pregiudizio delle precedenti. Perciò considerando l'arsenale cotanto maraviglioso di essa fantasia, chiunque ha un po' di senno, non può di meno di non esclamare: Dio c'è. Altri che lui non ha potuto formare quel capo, in cui si contengono tante cose. E per conseguente Quam magnificata sunt opera tua, Domine! Lo stesso non intendere noi, come ciò si possa fare, tanto più ci obbliga ad ammirare la potenza e sapienza di chi l'ha fatto: e a riconoscere per sommamente pazza l'opinione di un Epicuro, che immaginò figlia del caso la fabbrica di tante maravigliose creature, e fin dell'uomo stesso.

Qui nondimeno non si ha a fermare la nostra considerazione. Oltre all'inconcepibil dovizia di tante immagini, che si racchiudono, e si possono racchiudere nella breve circonferenza del nostro cerebro, un altro motivo di stupore è l'ordine delle idee stesse. Noi sappiamo orazioni e salmi interi, come si suol dire, a mente. Ingegni si son trovati [e si truovano anche oggidì] che tutto quanto leggevano, ritenevano nella memoria. Mentovando taluno un verso di Omero, o Vergilio, uno squarcio di un'Orazione di Cicerone, essi continuavano a recitare i seguenti versi e parole, finché si voleva. Lungo sarebbe il catalogo, se prendessi ad annoverar tanti, dotati di così stupenda memoria, cioè di una fantasia sì ricca, e sì ordinata. Basta mirar tanti sacri oratori (e questo è un triviale avvenimento) recitanti in una quaresima tante prediche, ed osservar, come tante parole tengono dietro l'una all'altra con sì gran felicità e senza disordine alcuno. In questa fantasia stanno impresse innumerabili altre idee; e pur quelle prediche intere col loro ordine quivi si truovano scritte, né confuse punto, né sturbate dalla folla di tante altre diverse immagini. Stupenda in oltre dobbiam confessare un'altra particolarità. Ancorché noi non arriviam bene a discernere il come, pure proviamo con certezza, che i sensi applicati agli oggetti materiali, ne trasportano al cerebro l'idea, o sia l'immagine. Queste immagini non possiam concepirle, se non per minutissime cose, e come un compendio delle loro configurazioni. Così nella camera optica si osserva ridotta in poco la facciata di un grandioso palazzo, di un ampio e vago giardino. Queste picciolissime immagini vanno ad imprimersi nelle volute e piegature del cervello. Ma qualora la mente si mette a contemplar queste idee, truova in esse non già un picciol punto, non un solo compendio di quegli oggetti; ma bensì l'intera loro figura, con tutto l'equipaggio delle medesime. Cioè alla mente comparisce quell'uomo nella tale fattura; miriamo quel principe, come il vedemmo a cavallo, con quell'abito sfarzoso del tal colore, coll'accompagnamento di quei paggi e cavalieri, e ciò ch'egli fece in quella magnifica funzione, tutto al naturale, come se di nuovo il mirassimo in fatti. Chi ha mai tornate ad ingrandire quelle sì picciole immagini, che furono trasportate alla fantasia? Come mai posso io (e pur lo posso) mirare in essa così grande e circostanziato quell'oggetto, e un'infinità di altri simili, che stanno ivi dipinti? Un'occhiata ancora a quel, che ci rappresenta il ristrettissimo spazio della fantasia. Chiunque è versato e ben pratico di una vasta città, primieramente mira l'interna idea del tempio maggiore, e sel vede comparir davanti in tutta la sua grandezza. Potrebbe disegnarlo e descriverlo tale quale è: osserva poi nel cerebro suo la vicina gran piazza con tutte le fabbriche della sua circonferenza. Questo è poco. Può mirare tante sue strade, tanti palagi e case, tante chiese, torri, spedali &c. chi abituato per lungo tempo in essa città, se perdesse la vista, e divenisse cieco affatto, ciò non ostante consultando le immagini della sua fantasia, potrà pian piano camminar per la stessa città, e dirvi: ora io mi truovo in questa, ed ora in quell'altra parte. E chi poscia potrà fare il conto di quante idee sieno ristrette in capo di chi ha molto viaggiato pel mondo, ha frequentato tante città, osservati tanti fiumi, monti, e valli, e conosciuti di vista tanti animali di terra e di mare, tanti alberi, frutta, minerali, navi, e tante altre fatture dell'industria umana, che forse noi nelle nostre contrade non conosciamo? Tutto questo con ordine mirabile si truova dipinto in quel picciolo maraviglioso gabinetto, e gli comparisce grande, come fu veduto da lui, nelle distanze ancora per chi vi ha fatta mente, che sono da un luogo all'altro. Le carte geografiche e topografiche sono un ritratto di questa parte dell'umana fantasia, ma troppo inferiori all'originale.

Finalmente si arriva in qualche maniera a capire, come col veicolo della luce riflessa passino al cerebro nostro le immagini, o le idee, o specie delle configurazioni e de i colori di tanti oggetti, che appartengono alla giurisdizione della nostra vita. Ma in qual maniera la diversità de i suoni, degli odori, de i sapori, e di varie altre modificazioni, de i corpi, le quali si apprendono per via del tatto, s'imprima nel cerebro con segni e caratteri sì distinti, finora da me chiamati anch'essi, benché poco propriamente, idee: questo par bene incomprensibile; e pure siam convinti della giornaliera sperienza, che la nostra fantasia ha varie modificazioni a tal fine, e che essa con fedeltà rappresenta all'anima queste differenze; distinguendo noi, per esempio, i diversi suoni delle campane, degli strumenti musicali, del canto degli uccelli, perché più volte avendo noi udito quei suoni e canti, se n'è impressa l'idea nella fantasia, col cui combinamento poi si viene a riconoscere qual sia o non sia il suono e canto, che torniamo a udire. Aggiugnete a questo distinguersi da noi le voci diverse di tante persone, colle quali sian soliti a praticare, e talvolta fino il tossire, il ridere. Noi tuttodì proviam questo effetto, ma senza mai riflettere, che stupenda e inesplicabil cosa sia questo meccanismo, che fa passare tanta varietà di suoni al nostro sensorio. Che un canale sì fluido, qual è l'aria, abbia attitudine a formar tante differenti undulazioni, le quali avvisino l'anima nostra di quei diversi suoni, non si può abbastanza ammirare. Similmente con che caratteri s'imprimano nella nostra fantasia le diverse idee di questi suoni, è a noi incomprensibile. Così distinguiamo i sapori e gli odori, ed è poi per conto dell'odorato prodigioso quel de i cani, e di altri animali, e sin degl'insetti. Anzi non mancano uomini di maraviglioso odorato, scrivendo l'autore della storia delle isole Antiglie, esservi de i negri, che per distinguere le traccie di un negro da quelle di un franzese, non hanno che da fiutare il sito, per dove son coloro passati. E nel lib. III de reb. Alphonsi regis è parlato di un cacciatore cieco, che a forza di un buon odorato scopriva i covili de i cervi, caprioli, e simili altri animali. E per conto del tatto si narra di uno scultor cieco, il quale con semplice toccamento della mano distingueva un colore dall'altro. E un organista cieco in Ollanda, tastando leggiermente le carte da giocare in darle, discerneva il vario colore delle medesime. Pertanto considerata in tutte le sue parti l'umana fantasia, e massimamente di chi ha felice memoria e ritentiva (perché di questi io spezialmente ho inteso di parlare) si dee conchiudere, essere questa fantasia un maraviglioso lavoro, da sé solo bastante ad assicurarci dell'esistenza, potenza, e sapere infinito dell'ente perfettissimo Iddio, perché solamente un ente tale ha potuto formare nel breve giro del capo umano una galleria doviziosa di tante idee, & idee con sì bell'ordine ivi disposte; affinché l'anima possa conoscere tante cose situate fuori di noi, e ricordarsi di quelle stesse intellettuali idee, ch'ella medesima colle meditazioni ha saputo o scoprire, o formare.

CAPITOLO IV

Della memoria.

Abbiam detto, che l'anima si ricorda delle cose o apprese col mezzo de i sensi, o da lei stessa osservate col meditare. Andiamo ora a vedere ciò che significhi il nome di memoria, di cui sì sovente ci serviamo. Se vogliam credere a i peripatetici, tre sono le essenziali facoltà dell'anima ragionevole, cioè l'intelletto, la memoria, e la volontà, tutte e tre una dall'altra realmente definite, perché altro è l'intendere, altro il ricordarsi, altro il volere. Ma se noi vogliam immaginar nell'anima tante diverse facoltà, quanta è la diversità delle sue azioni: non tre sole, ma molte altre, siccome già accennammo, converrà supporre. L'apprendere, il riflettere, l'astraere, il giudicare, il raziocinare, l'immaginare, e simili altri atti dell'anima, si dovranno attribuire a diverse facoltà e potenze della medesima, il che farà moltiplicare gli enti senza ragione. Ritenendo dunque per nostro modo d'intender le due facoltà e potenze, che noi immaginiamo, come cose chiaramente distinte nell'anima, cioè l'intelletto e la volontà, perché giova all'uso di tal distinzione ravvisar meglio le differenti azioni, e i principali diversi oggetti dell'anima: diciamo; che se il ricettacolo delle idee o specie delle cose fosse nell'anima stessa, allora potrebbe dirsi, che la memoria è una real facoltà distinta dall'altre due nell'anima stessa. Ma si è veduto, e in ciò conviene il coro dei filosofi, che le immagini o specie delle cose si vanno ad imprimere nel cerebro, e nell'unione di queste immagini consiste la fantasia. Perciò fisicamente la memoria, o sia la ritentiva, ha la sua sede in essa fantasia. Contuttociò impropriamente noi siam soliti a dare il nome di memoria alla stessa fantasia. Perciocché propriamente l'azione del ricordarsi è della mente; il campo nondimeno, che serve a tale azione, consiste nella fantasia, la quale abbiamo appellata facoltà, ma facoltà passiva. L'anima è una sostanza, che non ha parti, come il corpo. Perciò si potrà, e si dovrà ben dire, che essa anima si ricorda, ed essere questo ricordarsi un'azione di essa anima; ma non perciò si avrà da prendere, che alla medesima si abbia da attribuire la memoria con esclusione della fantasia. Osservate, in che consista veramente il nostro ricordarsi. Altro esso non è, che un atto dell'anima, la quale cerca e truova nella fantasia le immagini altra volta da lei apprese, o formate, o scoperte, e quivi custodite. Se la fantasia non le ha mai ricevute, o se ne ha perduto le traccie, le specie, o le impressioni, l'anima non ha forza di ricordarsene. Per conseguente il ricordarsi può dirsi un pensiero, un guardo dell'anima, che scuopre nell'emporio della fantasia, o che si mette a cercare nel vasto libro di essa quelle idee, di cui ella ha bisogno, e che dianzi furono ivi impresse; ed infine si risolve in un pensare, ed in una azione della mente o sia dell'intelletto nostro, che torna ad apprendere e considerare oggetti non nuovi, perché altra volta da essa mente appresi e considerati. E così essendo, resta superfluo l'immaginar nell'anima una terza facoltà distinta dalla volontà e dall'intelletto nostro. A chiarir poi meglio, che la stanza materiale di essa memoria non si ha da cercare se non nella fantasia, può servir un fenomo, di cui ciascuno sovente è testimonio a sé stesso. Noi ci mettiamo a recitare l'orazion domenicale, o pure un salmo, che sappiamo, come suol dirsi, a memoria. A tutto un tempo l'anima vien distratta da un diverso fantasma, riguardante un negozio di molta dilettazione, utilità, o paura. A questo ella rivolge tutta l'applicazione, e fissa in esso i suoi sguardi, cioè il pensiero. E pure noi seguitiamo a recitar da capo a piedi quella orazione, ed altre se occorre, ovvero il salmo suddetto. Se l'anima non bada a quelle parole, segno è che da essa non viene la continuazion di essa parola, ma bensì dalla fantasia, perché nel cerebro stanno impresse e fitte l'una appresso all'altra coll'ordine loro esse parole; e da che le prime son pronunziate, l'altre a guisa di una catena, pendenti dal primo anello, seguitano ad uscir fuori, senza che l'anima altrove occupata se ne avvegga. Certo è, che allora essa anima non si ricorda, né esercita atto alcuno di memoria. Ma questo fa ben conoscere, che nella fantasia e nella parte materiale stanno le immagini, delle quali poi la parte spirituale si serve, allorché vuol ricordarsi. Aggiungasi, poter noi argomentare lo stesso dalla osservazione della dimenticanza. Suol accadere a i vecchi, (e perciò anch'io lo pruovo), che al bisogno non si ricordano né pure del nome o cognome di qualche lontano amico. Ed alcuni arrivano a dimenticare infin quello de i proprj servitori. Cercano e ricercano colla mente, e nol truovano. Poscia da lì a qualche giorno torna loro davanti quel nome o cognome. Se le idee fossero fitte nell'anima, sembra pure, che se ne avesse ella tosto a ricordare, sul supposto che le abbia ritenute; perciocché l'anima sostanza semplicissima non ha parti; e però né pur nascondigli, dove si sia potuta intanare quell'idea o sia nome, di cui si va in traccia. Ma questo sì noi lo spieghiamo col riconoscere nella fantasia la sede delle cose imparate. Perde questa material potenza il suo vigore ne i vecchi tanto per ritener l'imparato, quanto per rappresentarlo alla mente, quando l'ha ritenuto. Sarà ivi conficcato quel nome; ma manca la prontezza in farlo ravvisare all'occhio dell'anima. Quel che oggi non si può ottenere da essa, forse un altro dì si otterrà, se pur la desiderata idea non è ivi affatto cancellata e smarrita.

Si è detto di sopra, essere stato di parere Elia Camerario, che le idee delle cose vadano ad imprimersi nell'anima a dirittura, di modo che secondo lui la fantasia o sia l'immaginazione riesce una facoltà da noi vanamente immaginata e sognata. Aggiungo io ora, che il famoso filosofo inglese Locke nel secondo libro al capitolo decimo dell'Intendimento umano, dopo avere insegnato, che la prima facoltà dell'anima è la percezion delle idee, vien poi dicendo, che la seconda facoltà è la ritenzion di queste idee; di modo che noi abbiam nell'intendimento, o sia intelletto tutto l'apparato di tali idee. Perciò al dire di lui in questa ritenzione consiste la memoria, con soggiungere appresso, che il dire, aver noi delle idee riserbate nella memoria, altro in sostanza non vuol significare se non che l'anima ha in molte occorrenze la possanza di risvegliar le percezioni, ch'ella ha di già avuto, con un sentimento, che in quel tempo la convince di aver ella avuto prima queste tali percezioni. E però in questo senso si può dire, che le nostre idee sono nella memoria, benché a parlar propriamente elle non sieno in parte alcuna. Forse volle dire, che essendo le nostre percezioni & idee impresse nell'anima nostra, sostanza indivisibile, perciò propriamente non sono in parte alcuna. Se noi dunque chiediamo al Locke, se si dia la fantasia, o vogliam dire l'immaginazione fin qui da noi descritta, egli non risponde, egli non ne parla. Solamente scrive, che l'incumbenza della memoria è di somministrare all'anima le idee dormigliose, di cui essa è depositaria, allorché essa anima ne abbisogna; e che nell'aver la memoria pronte al bisogno tali idee, consiste ciò, che noi appelliamo invenzione, immaginazione, e vivacità di spirito, o sia di anima. Sicché avendo egli già situato il serbatojo delle idee nell'anima, non dovette per conseguente riconoscere nella parte corporea, o sia nel cerebro nostro alcuna facoltà immaginatrice, da noi appellata fantasia, la qual serva alla mente per raccogliere secondo il bisogno le idee ivi riposte. E pure in dicendo, che la memoria somministra all'anima le idee dormigliose, egli sembra distinguere sostanzialmente l'una dall'altra. Quanto a me non ho preso in questa operetta ad entrare in dispute ex professo di cose peraltro scure, e delle quali non è da sperar mai un'idea tanto chiara, che appaghi, e convinca, con rimuovere tutte le tenebre e difficoltà di chi può opporre un neo ad ogni nostra ragione. Il supporre, come io faccio, la fantasia un luogo, che ritiene le idee, posto nella parte corporea del capo nostro, e non già nell'anima stessa, o vogliam dire nell'intelletto, questa è sentenza comune oggidì, proposta ed approvata da i più sperti ed insigni filosofi. Questo basta all'assunto mio. Poiché quanto all'opinion del Camerario, ho brevemente accennato di sopra, il perché non si possa o debba aderirle. La sola considerazion de i sogni la distrugge; e il non poter noi negare la fantasia e qualche specie di memoria a una parte almeno de i bruti, ci fa assai intendere, non essere in ciò diversa la condizione dell'uomo, dotato poi di uno spirito immortale, al cui servigio è fabbricato quell'interno magazzino, e conservatorio d'idee. Per quello poi, che riguarda il Locke, chieggo io perdono, se vo sospettando dell'oscurità affettata in quella sua supposizione od opinione. Da che sanno gli eruditi, e l'ho anch'io ricordato nel precedente trattato Delle forze dell'intelletto umano, aver egli creduto, non potersi provare, che Dio non abbia dato a qualche massa di materia disposta, come egli crede a proposito, la possanza di conoscere e pensare: giusto fondamento a noi si porge di dubitare, ch'egli tenesse l'anima nostra per corporea, e in ciò seguitasse Epicuro, ed alcun altro degli antichi, che insegnarono un dogma tale, sì riprovato dalla ragione stessa, e molto più per le sue perverse conseguenze da chiunque professa la santa religione di Cristo. Notoria è in oltre la setta de i materialisti in quei paesi, dove ognun si fa lecito di distruggere e di fabbricare a modo suo in materia di religione, in guisa che non si fa torto al Locke con sospettarlo di quella scuola. E tanto più, perché di altre perverse dottrine fu egli accusato da i suoi stessi nazionali, benché, come avvertì l'Holsworth uno di essi inglesi, egli non mai chiaramente proponesse le sue opinioni, per avere uno scampo, qualora gli occorresse di difendere sé stesso dalla taccia dell'empietà. Così Roberto Green, ed altri suoi compatrioti, han rivelato varj suoi eccessi, ed impugnati ancora molti principj ed argomenti da lui adoperati. Posto poi, che il Locke pretenda materiale l'anima nostra, non ha egli più bisogno di mettere la fantasia come una facoltà della materia, distinta realmente dalla sostanza da noi ritenuta per incorporea e spirituale; perché secondo lui: l'intelletto fa la funzione della fantasia, né altro è che materia, dove si vanno a fissar le immagini o idee delle cose. A questo fine esalta egli a mio credere l'esempio di molti altri animali, come egli dice, e nei quali si osserva in alto grado questa facoltà di unire e conservar le idee nella forma stessa che succede nell'uomo: parole, che sembrano maggiormente indicar la mente di un filosofo, da cui non vien riconosciuta, se non la materia nell'emporio della natura; e parole, che non si accordano coll'aver di sopra detto, essere le nostre idee fitte nella memoria, e che ciò non ostante non sono in parte alcuna. Che il Locke abbia dato luogo di sospettare, ch'egli non credesse diverso l'uomo da i bruti, l'hanno anche osservato e detestato gli stessi inglesi. All'assunto mio non appartiene di dirne di più, cioè di confutar questi empj sentimenti, caso che il Locke li nudrisse. Parlo ora a i lettori lontani da sì fatte chimere, e persuasi della spiritualità dell'anima nostra, e che meco ammettono nel cerebro, o sia nell'immaginazione, il serbatojo delle idee, per suggerirlo di mano in mano alla mente secondo i suoi bisogni.

E ciò sia detto, per quanto può il corto nostro intendimento immaginare, e con tutta probabilità concepire dell'intero sistema, e dell'operare dell'anima umana, finché sta unita al corpo. Poiché qualora si vuol considerare questa incorporea sostanza separata da esso corpo, noi entriamo in un maggior bujo, mancando qui più che mai alla filosofia sensazioni, sperienze, e mezzi per conoscere, come ella operi, cioè come si ricordi. Abbiam fortissime ragioni prese dalla filosofia, per provare l'anima umana immortale, o sia incorruttibile; e di ciò poi ci assicura l'infallibil rivelazione di Dio. Ma questa rivelazione, dopo averci insegnato, che le anime de' buoni vanno a godere un'immensa felicità nella vista di Dio amico, e quelle de' cattivi a provare una somma infelicità, loro destinata da Dio, per così dire, irato, e giusto punitore: non ci spiega poi, come le anime sciolte dal corpo, e giunte al loro termine, o pure ritenute in uno stato di mezzo, si ricordino, e quali idee portino seco all'altra vita. Giusto nondimeno è, anzi sembra necessario il credere, che l'anima separata ritenga le idee intellettuali: cioè, che sempre in lei duri l'idea acquisita di Dio, e de' suoi ineffabili attributi, e de i doveri d'una creatura verso del suo creatore, e della bellezza della virtù, e della deformità del vizio. Potendo essa anima sempre pensare, e raziocinare, questo a lei basta per rinnovare in sé la cognizione, o sia l'idea del supremo suo artefice e padrone, coll'altre idee dipendenti da questo primo principio, senza ch'ella abbia bisogno del soccorso della fantasia. E se talun volesse da ciò inferire, che anche l'anima congiunta col corpo può ricordarsi di tali idee, senza ricorrere alla fantasia; si torna a ripetere, che questo ricordarsi sempre si risolve in pensare, cioè in una azione propria dell'intelletto, e perciò essere superfluo, il mettere la memoria per una facoltà realmente distinta dall'intelletto e dalla volontà. Finalmente se un'anima sciolta giugne a veder Dio, in lui può essa vedere tutto quanto a lei occorre per essere sommamente felice, e sapere infinite cose.

Ritornando ora ad essa memoria, il cui magazzino dicemmo riposto nella fantasia, possiam di qui apprendere, perché tanta diversità di essa si osservi negli uomini. Nasce questa dalla nobil differenza della struttura delle teste umane, e dalla qualità varia de' cerebri, cioè di quel serbatojo, dove abbiam preteso conservasi ora più, ora meno le idee delle cose. Gran regalo della natura è l'aver sortito una forte ritentiva, e una pronta reminescenza: due doti, che costituiscono la felicità della memoria. La prima si riferisce alla fantasia stessa; l'altra alla mente, che facilmente ritruova, e scorge le idee ritenute dal cerebro. Perché ne' fanciulli ordinariamente la massa d'esso cerebro è troppo umida, ne' vecchi troppo essiccata; perciò non sogliono lungamente conservare nel lor gabinetto le cose, che allora odono, veggono, e imparano, se pur queste per qualche ragione non vi fanno una gagliarda impressione. Due e tre volte bisogna picchiar in capo a questa gente, e ad ogni altro di duro cervello, un'ambasciata da portare, una cosa, che s'ha a fare. Quando abbiamo gran pratica del mondo, o pure molta lettura, costoro faran buona figura nelle conversazioni, se pur sapranno a tempo e con moderazione spacciar la loro mercatanzia. Il medico col ricordarsi di tanti casi da lui veduti o letti; il giurisconsulto coll'aver pronte tante conclusioni e dottrine legali, già da esso apprese: certo è, che potran farsi largo nelle occasioni. E così gli altri di altre scienze e professioni. Ma convien bene avvertire, quanto sia più prezzabile, l'aver portato dall'utero materno un buon intelletto, che una buona memoria. Il difetto o la povertà di questa si può in qualche maniera riparare col molto leggere, ed anche rileggere le stesse cose. Il vigore dell'intelletto, che ingegno suol nomarsi, nol dà se non la natura, quantunque vero sia, che il coltivar collo studio quella dosa, che n'è a cadauno toccata, può non meno a noi, che ad altri riuscire d'utilità. Per applicarsi poi alle scienze, all'arti, al politico governo &c. né pur basta il buon intelletto, se questo non si affina in maniera, che produca il retto giudizio, di cui abbisogniamo in tutte le operazioni, che riguardano tanto lo studio delle lettere, che l'uso della nostra vita. Che anche si dia l'arte di accrescere la memoria, l'ha asserito Cicerone, con altri antichi, e Giulio Camillo si pretende, che la sapesse ed insegnasse. Ma son io persuaso che senza il fondamento d'una gran memoria naturale non possa sussistere l'artificiale. E che quest'ultima sia atta solamente a far de' ciarlatani, e non già degli uomini veramente scienziati, si potrebbe provar colla sperienza alla mano. Lo stesso è da dire dell'arte lulliana, risuscitata nel secolo prossimo passato dal padre Kirchero. Chi ha voglia di leggere molto, e d'imparar nulla, cioè di perdere il tempo, vada a conversare con sì fatti libri.

CAPITOLO V

De i sogni.

Niuna riflessione ordinariamente noi facciamo a i nostri sogni, perché li consideriamo, e con ragione, scherzi e divertimenti vani della nostra fantasia, che nulla c'istruiscono del presente, e nulla ci predicono dell'avvenire. Tuttavia se l'occhio filosofico si applicherà alla contemplazione ancora di queste commedie, che nel nostro capo, allorché dormiamo, si van rappresentando: troverà motivi ancor qui di ammirare la somma maestria di Dio in formar gli ordini del nostro sognare. Dissi vane cose i sogni, perché generalmente e per ordinario li scorgiamo tali: il che non esclude, che la divina autorità possa valersi ancora di questo mezzo, per informare i mortali de' suoi voleri, e per predire avvenimenti o lieti o funesti. Di sì fatti sogni ne abbiamo non pochi nelle sacre carte, che dobbiam credere con viva fede. Altri parimente se ne raccontano nelle vite di alcuni santi, e di altre persone distinte per la loro pietà, i quali non ci è tosto obbligazion di credere sogni provenienti da Dio, perché per parere de' teologi, anche i maligni spiriti, o pur la sola nostra fantasia possono produrli. E però se non concorrono segni chiari, che il sommo Padre della natura v'abbia avuta parte, si può sospenderne il giudizio e la credenza. Certamente qualora da persone piissime venissero riferiti sogni di cose avvenire, tali, che secondo le circostanze presenti ben pesate dall'umana sagacità non poteano in guisa alcuna prevedersi, né conghietturarsi; e che poi si verificasse appuntino l'avvenimento sognato: allora apparirebbe giusto fondamento di tener Dio per autore di sì fatti sogni. Ed anche senza ricorrere ad un soprannatural movimento de' nostri fantasmi, pare, che naturalmente possa accadere qualche predizion del futuro in chi sogna. Potrebbonsi qui addurre molti esempli, che si leggono in varj libri; ma io mi contenterò d'uno, accaduto in persona di grande autorità, a cui non si può negar la credenza. Si racconta del celebre cardinal Pietro Bembo, che essendo egli secolare, ebbe una lite civile di beni con un suo parente. Aveva egli fatta una scrittura in difesa delle sue ragioni, per presentarla al tribunale. La mattina prima di uscir di casa, andò secondo il solito a salutar sua madre, la quale l'interrogò, dove andasse. Le disse: a presentare a i giudici una scrittura per la nostra causa. Allora la madre cominciò a scongiurarlo di non uscire quel dì; e richiesta del perché, soggiunse: ho sognato stanotte, che essendovi voi incontrato per istrada col parente avversario, egli ha altercato di parole con voi, e infine vi ha dato delle pugnalate. Rise il Bembo, come quegli, che niuna fede prestava a i sogni; e per quanto ella il pregasse, volle uscir di casa. In fatti s'incontrò per istrada coll'avversario, che il fermò, e venuto seco a parole intorno alla lite, finalmente cacciato fuori un pugnale, il regalò di alquante ferite. Coloro, che credono, o più tosto sognano la natura un aggente secondario delle leggi e della volontà di Dio, forse troveranno, come han trovato in tanti altri casi, che essa rivelò alla mente ciò, che aveva da succedere al figlio. Ma finché si truovi una ragione e cagion migliore del suddetto avvertimento, sia lecito a me di sospettare, che senza intervento di alcuna occulta potenza, potesse la madre sognare il pericolo e male accaduto al Bembo. Cioè dovea ella sapere, che quell'avversario era uomo caldo, persona manesca, e che non sapea diggerire quella lite, credendola, come suol farsi, ingiustamente mossa o sostenuta; e però era a lei facile l'immaginare sconcerti, e pericoli. Con questi fantasmi in capo, ingranditi dall'amore materno, ita a letto, che maraviglia è, s'ella accidentalmente sognò quello, che poscia avvenne al figliuolo? Questa medesima regola ha da valere per esaminar altri simili sogni, e non crederle sì tosto cose prodigiose o sopranaturali.

La medicina all'incontro può far qualche uso de' sogni. Imperciocché accadendone di i tetri, e di quei che atterriscono, può allora esserne cagione la soverchia ripienezza o indigestion dello stomaco; e se questa non interviene, segno naturale son sì disgustosi sogni, che il sangue o altri umori del corpo umano son corrotti, né godono l'armonia, che si ricerca in essi; e il saggio medico ne raccoglie allora, che vien minacciata qualche malattia, o almeno, che quella persona è di temperamento malinconico. Talvolta ancora si è provato, che il sogno di qualche infermo ha dato a conoscere, qual rimedio o sfogo convenisse al suo male. Detratti i casi suddetti, massima certa è che i sogni son fenomeni insussistenti e vani della nostra fantasia, la quale, essendole lasciata la briglia, allorché dormiamo, forma delle curiose, ma ordinariamente incoerenti, slegate, e ridicole commedie, che niuna anche menoma influenza hanno per farci conoscere le cose avvenire, né per iscoprir tesori, o gli altrui interni pensieri, o altri arcani, a' quali non si può giungere con mezzi umani. Né ragione, né principio ci è, per cui si abbia a prestar fede a sì fatte inezie. E pure che non fa la pazza ed interessata curiosità di mortali? Un male vecchio di tutti i secoli è il desiderio di penetrar nell'avvenire, cioè di leggere in un libro, che onninamente è riserbato al solo Iddio, e a que' pochi, a' quali egli per istraordinario privilegio si è degnato, e si degna di farne veder qualche riga. Però da alcuni si cerca l'arte di scoprire le cose contingenti future; ma quanto più si cerca, tanto meno si truova. Il peggio è, che non son mai mancati negli antichi, né mancano ne' moderni tempi degl'impostori, che promettono mari e monti alla gente credula e stolta, ansante di sapere quel che ha da essere o di sé o d'altri. La strologia giudiciaria, che tanta voga ebbe ne' vecchi secoli, e tuttavia si mantien vigorosa in alcune contrade dell'Oriente, non si è mai potuto schiantarla affatto in Occidente, dove anche oggidì truova qualche pazzo adoratore; non bastando le ragioni addotte da tanti uomini saggi, e le migliaia di volte, che si sono ingannati gli strologi, a farli mai ravvedere del dolce loro delirio.

Ma lasciando altre simili imposture e fallacie di chi professa di saper indovinar le sorti degli uomini, e di svelare i fatti contingenti dell'avvenire, si vuol qui ricordare, che anche i sogni servirono anticamente a gl'impostori per deludere le person corrive, con far loro credere, che que' guazzabugli di fantasmi fossero tante luminose cifre di quel che doveva accadere a i mortali. Abbiam tuttavia alcuni libri degli antichi greci, chiamati onirocritici, che trattano delle varie predizioni de' nostri sogni: mercatanzia la più fallita e ridicola, che mai si possa pensare. Truovansi ancora nella Persia, e in altri paesi dell'Asia, non solamente libri di questa folle professione, ma nelle pubbliche botteghe gli espositori de' sogni, dove l'incantato popolo va a comperare a danari contanti le menzogne e gl'inganni. Dimandate ora: trovasi egli vestigio alcuno in Europa di chi spacci l'arte d'indovinar per via di sogni? Verisimilmente in niuno v'incontrerete. Ma non mancano già donnicciuole, e altre persone semplici, che si figurano di poter trovare ne' sogni proprj od altrui i numeri utili per guadagnare nel lotto di Genova, o di Milano, con aggiungere ancora altri stolti requisiti al sognare. E contuttoché la legge cristiana vieti ed abbomini sì fatte maliziose illusioni, pure l'ansietà del guadagno e l'avarizia vanno al di sopra della religione e della coscienza. Né qui si ferma la matta crudeltà. Bada eziandio agli augurj, che tanto una volta furono in uso a' tempi di Roma pagana; cerca cabbale, inventate e composte da soli truffatori, o da gente, che operando a capriccio, in fine poi va ridendo in cuor suo della melonaggine altrui. In somma tra gli altri mali introdotti dal lotto suddetto, non è l'ultimo quello di aver fatto crescere le superstizioni. Chiunque ha alquanto di senno, non abbisogna punto de' miei ricordi per sapere, che vanità e stoltizia sia lo sperar da i sogni luce alcuna dell'avvenire. E però passiamo innanzi.

La cagione de i sogni ad altro verisimilmente non si può attribuire, se non al trovarsi la fantasia, allorché dormiamo, come in sua balìa, stante il riposo o sia il legamento, che allora succede dell'anima e de i sensi. Gli spiriti del sangue circolante per le cellette del cerebro, commuovono allora i fantasmi, confitti ne' varj strati e nelle piegature d'esso cerebro; onde vengono a formarsi varie scene, ora regolate, ma per lo più sregolate, e senza connessione veruna, che i vasi dell'orina piena, e che anche gli spiriti de' vasi spermatici abbiano forza di svegliar certe immagini nel cerebro di chi dorme, la sperienza lo fa frequentemente conoscere. Han creduto alcuni, e fra gli altri Aristotele, che i sogni sieno una ripetizione, o più tosto una continuazione di quel, che si è pensato nel giorno innanzi. Ma la sperienza è in contrario. Qualora la fantasia si truova agitata, e per così dire impegnata forte in alcuno affare di premura pel continuo pensare e ripensare dell'anima nostra, come di una lite, di un matrimonio, di un'offesa ricevuta, di un grosso guadagno, di qualche gran perdita, e simili: facile è, che tornino que' medesimi fantasmi a farsi veder la notte seguente a chi sogna. Ma ordinariamente accade, che allora ci pare di vedere innumerabili oggetti, a' quali non si è fatta di gran tempo riflessione alcuna. Anzi si svegliano fantasmi di persone e luoghi, veduti trenta ed anche quaranta anni prima, che li avreste detti svaniti dalla memoria. Si sa del pari, che la fantasia, dormendo noi, può accoppiare insieme due diverse idee, come quella dell'oro e di un monte, e perciò sognarsi monti di oro, centauri composti d'uomo e cavallo, ed altre bizzarrie. Ma questo è in nulla. Anche senza attribuir questa forza alla fantasia, abbondano uomini, che vegliando si augurano molti monti di oro, e tanti altri hanno sentito parlar dei centauri, e ne hanno anche osservata in iscoltura, o pittura o taglio di rame, la figura. Per conseguente sognando tali straordinarj, o favolosi oggetti, non v'interviene novità, e qui non apparisce meraviglia alcuna. Più tosto potrebbe parer mirabile, come i sogni non rade volte ci rappresentino persone e luoghi da noi non mai conosciuti né per vista né per relazione, e de' quali niuna immagine dianzi si truovava nella nostra fantasia. Nulla dimeno si può rispondere, che avendo l'uomo veduto tante varie persone, tante diverse città, palagi, piazze, templi, giardini &c. può la fantasia sognante confondere insieme queste idee, con risultare dipoi oggetti, che compariscono nuovi e non più osservati. È certo se la fantasia di chi dorme non è stranamente alterata e sconvolta, essa non forma uomini o bestie differenti da quel, che sono, né immagina animali nuovi, od altri oggetti, de' quali mancasse a lei la precedente idea. Più tosto dunque potrebbe recar maraviglia ciò, che io riserbo da esaminare nel seguente capitolo.

CAPITOLO VI

De i sogni placidi ed ordinati, e de i disordinati.

Sogliono per lo più i nostri sogni essere composti d'idee incoerenti, cioè che niuna connessione han fra loro, simili a que' rabeschi, che vecchiamente si dipigneano nelle camere, dove si vedeva un angelo che tenea un testone, alla cui inferior parte col becco si attaccava un'aquila; al piede dell'aquila una scimmia, e così progredendo. A noi sognando sembra di parlar con uno, e tutto ad un tratto quell'uomo non è più desso, e ci troviamo in un altro luogo, diversificando gli oggetti e le azioni più o meno, secondo il maggiore o minor moto, che è nella fantasia. Però lasciando per ora andare i sogni degl'infermi, de' frenetici, e simili, possiam dire, che ordinariamente i nostri sogni son di due sorte; cioè o placidi ed ordinati, o pure agitati e disordinati. Allorché la sanità ci accompagna, e gli umori del corpo sono in calma, né passione alcuna violenta ci sconvolge la fantasia, né lo stomaco è aggravato da soverchio cibo o vino: sovente avviene, che placidamente dormendo formiamo anche de i placidi e curiosi sogni di oggetti, che ci rallegrano, o non ci turbano punto. Anzi suol darsi, che si vien a filare un'azione continuata per molto tempo, senza mutar personaggi e scena, con botte e risposte: e senza che resti in noi ricordanza alcuna di aver mai in alcun tempo della nostra vita veduto quell'avvenimento, o fatto quel tale colloquio. Accade talvolta in più, cioè che ci svegliamo, e pure tornando a dormire, la fantasia sognante ripiglia quella stessa interrotta azione, e seguita a dilatarla con competente ordine, e buon concerto di quella sua commedia. All'incontro, quando qualche gagliarda passione ci turba, o gli spiriti del sangue sono per qualche cagione in troppo moto, o lo stomaco si truova aggravato da indigestione: i sogni nostri riescono disordinati; la fantasia salta da un oggetto all'altro; solamente spropositi si osservano nelle sue scene. Considerando io la diversa condotta di questi sogni nella mia Filosofia morale, dimandava a me stesso: la mente assiste ella ed interviene al nostro sognare, o pur non v'interviene, né vi assiste? Se mettiamo che sì: come poi succede, che si formino sogni sì spropositati, indegni certo di una potenza ragionevole? Posto poi, che la mente non vi abbia parte, noi cadiamo in un più pericoloso imbroglio, con dar troppo alla fantasia, certo essendo, che si dan sogni ingegnosi, con accidenti ben intrecciati, con riflessioni, con furberie. Se la fantasia fosse capace di tanto, scorge ogni saggio, che funeste conseguenze se ne potrebbono dedurre. Non cercai allora di più, e solamente proposi questo quisito ad uno insigne filosofo dei nostri tempi, cioè al vivente allora don Tommaso Campailla, patrizio di Modica in Sicilia, autore celebre pel suo filosofico poema dell'Adamo, il qual poscia ne' suoi Opuscoli filosofici stampati nell'anno 1738 in Palermo, trattò questo argomento con indirizzare a me la sua risposta. Confessa egli astruso il fenomeno; tuttavia con quella diligenza e modestia, che è propria dei grandi uomini, si studia di spiegarlo. Mette egli per cosa evidente, che la mente concorre a i sogni, perché non può darsi, che a caso si accozzino insieme i fantasmi con tal regolatezza, che formino nuovi concetti, ragionamenti, e accidenti sì ben concertati. Anche ne' pazzi, anche negli ubbriachi intervien la mente, ancorché prorompano in tanti spropositi, perché non lasciano di parlare di tanto in tanto rettamente, e con sensate riflessioni. E che la mente intervenga anche a i sogni disordinati, dice egli questo è manifesto, perché alle rappresentazioni di tali idoletti fallaci, ed immagini false, pur ella talvolta le discorre, le giudica, le crede, le vuole. E come mai può discorrersi, giudicare, credere, volere, senza che sia la mente, che discorra, giudichi, creda, e voglia? Ma come poi la mente possa credere a que' falsi avvenimenti, ed assentire a quei chimerici oggetti, con ingannarsi sì spesso e sì lordamente ne' sogni disordinati: egli crede ciò facile e naturale, e da non istupirsene punto. Imperciocché non avendo la mente altri mezzi per essere sicura, che fuori dal suo carcere sieno esistenti altri corpi reali a sé presenti, se non per mezzo delle impressioni, che ne sente; delle immagini, che ne vede, le quali son portate da i sensi esterni: qualunque volta succede, che nel sogno le si rappresentino tali impressioni & idee, che ne vengono da i sensi esterni, ma per altra via, la mente non sapendo esser colà introdotta per istrade indirette, ma supponendole arrivate agli ordinarj condotti de' nervi sensorj, non può far di meno di non prestar loro piena fede, e credere, che fuor del suo corpo sieno a lei presenti gli obbietti, di cui ne vede e sente le immagini, e le impressioni entro il suo senso comune. Così quell'ingegnoso filosofo, nella cui morte gran perdita fece la repubblica letteraria.

Avrei desiderato io, che questa ispiegazione mi soddisfacesse, ma finora non ho potuto ottener dalla mia testa, ch'essa ne resti appieno soddisfatta. E ciò perché, se la mente ritenesse ne i sogni l'uso delle sue facoltà, cioè del volere, del discernere, e del giudicare, non si sa capire, come essa non si accorgesse di tanti spropositi, ed azioni incredibili e ridicole, che succedono nelle commedie della fantasia sognate. Quanto più poi se ne avvedrebbe la mente dei filosofi, che sa per lo più conoscere vegliando, se il senso le reca delle false ambasciate? Ora finché venga, chi più chiaramente spieghi l'economia de i sogni, e lo scuro fenomeno della parte, che in essi ha la mente nostra: sia a me permesso di esporre quel poco, che mi va per capo. Tengo dunque anch'io per massima certa, che non si formi sogno, che la mente nostra non solo ne sia consapevole, ma che ancora vi assista. Allorché in esso noi succedono sogni vivaci, e massimamente se di curiosi avvenimenti, svegliati che siamo, se vi riflettiamo, con facilità ci ricordiamo di quella fantastica azione, e delle parole allora dette, che han lasciata qualche impressione nella fantasia. Quando la mente non vi fosse intervenuta, non riconoscerebbe ella punto quei fantasmi, come formati nel sogno passato. Il ricordarsene ella, lo stesso è, che far intendere una precedente apprension de i medesimi, siccome avvien di tutti gli altri oggetti, de i quali intanto ci circondiamo, in quanto prima ne passò l'idea alla fantasia con coscienza della mente. Se noi chiedessimo, chi muova i sogni, la mente, o la fantasia: potrebbe talun rispondere, secondo il sistema cartesiano, che pensando sempre la nostra mente, cioè ruminando i fantasmi posti nella fantasia, parrebbe, ch'ella fosse la motrice dei sogni. Ma sembra ben più probabile, che senza alcuna licenza della mente sieno commossi i fantasmi nei sognanti dagli spiriti del sangue, o degli altri fluidi del corpo umano; e che la scena succeda poi sotto gli occhi, per dir così, della mente stessa. Quel sì gran saltellare e variare di oggetti, che fa allora la fantasia, e non di rado con tanti disordini, senza che alcun freno la ritenga, non convien punto alla mente, la quale se vegliando fa talvolta de i castelli in aria, cioè se va immaginando avventure possibili, gustose e disgustose, li fa con ordine, e con troppa dissomiglianza da quei della fantasia, che sogna.

Secondariamente, che la mente non solo sia spettatrice dei nostri sogni, ma che v'intervenga ancora come attrice, non si può negare. È indubitato, che nei sogni placidi si osservano azioni ben guidate e continuate con de i colloquj proprj di chi veglia, e parla a tuono. È succeduto ad alcune persone di formare de i bei versi dormendo. Il padre Ceva fra gli altri nella vita del Lemene poeta italiano celebre, ci assicura, ch'egli sognando ne fece degli assai belli. Anzi io posso attestare, che nella notte precedente all'ultimo dì dell'anno 1743 sul far del giorno mi parve di vedere un cavaliere assai nobile, benché niuno di quella famiglia fosse di professione ecclesiastica, il quale salito ad una gran dignità, cortesemente mi esibiva la sua protezione. Commosso anch'io dal suo dire, mi raccomandava a lui, e mi venne fatto il seguente pentametro:

Et quum multa queas, fac quoque multa velis.

Svegliato lo scrissi tosto; e per quanto cercassi nella mia memoria, se mai avessi, o fatto altra volta o letto in alcun autore quel verso, non poté sovvenirmi cosa alcuna. Ed erano ben moltissimi anni, ch'io non avea composto versi latini. Noi non possiamo mai figurarci nella fantasia, che è potenza materiale, l'abilità e forza di concentrare avvenimenti ben filati, e ragionamenti ben pensati, e molto meno di far versi. Conseguentemente la mente ha da mettersi anch'ella per attrice nei sogni. Ma se ciò è, onde poi avviene, che per lo più nel nostro sognare accadono tanti spropositi, tante scene ridicole, e ci par di volare, di passare sopra fiumi a piede asciutto? Supponendo noi la mente mischiata in quelle sregolate commedie, come mai ella non frena la spropositata fantasia? Come sembra allora a noi, cioè ad essa mente, che azioni tali sieno vere? E se ne dubita (il che veramente qualche volta accade) non è poi da tanto liberarsi dall'inganno; anzi talvolta ci sembrano così vere le cose sognate, che anche svegliati stiamo un pezzo a deporre quella vana credenza, e a riconoscere la falsità di quei fantasmi. Sicché torna sempre in piedi la difficoltà primiera, cioè come possano intervenire tanti ridicoli errori ed inganni, dove ha luogo la mente, potenza che ha sì grande autorità sopra la fantasia, e sa raziocinare, e sa nella vigilia scoprire, se gli oggetti, che a lei si presentano, contengano verità, o bugia.

Intorno a ciò a mio credere si dee considerare aver Dio unite nel capo dell'uomo vivente le due sopra descritte potenze, cioè l'anima ragionevole (la cui principale facoltà è la mente) e la fantasia; quella spirituale, questa materiale. Il loro commerzio si truova chiaramente comprovato dalla sperienza. L'istituto della natura, o vogliam dire dell'autor della natura, si scorge essere questo, cioè che la mente comandi, la fantasia serva. In fatti vegliando noi, essa mente va scegliendo quei fantasmi, che ella vuole per formare il ragionamento, per combinar insieme le diverse idee. Contuttociò la verità si è, che queste due potenze han cadauna la lor propria forza; e questa forza è quella, che determina il predominio fra elle, non potendosi negare, che l'empito della parte materiale, sia talvolta cagione di gravi disordini alla spirituale. Intanto è da osservare, che i sensi portano alla fantasia qualche oggetto, regolarmente non può la mente esentarsi dal conoscere quell'idea o immagine, che va a fissarsi nel cerebro. Noi parimente proviamo non rade volte, che la mente nostra vuol contemplare qualche oggetto, o sia pensare all'idea, che essa ha scelto. E pure l'importuna fantasia fa forza, e cerca di distrarre la mente di là, mettendole davanti un altro oggetto, a cui non si vorrebbe allora pensare. Noi stando in chiesa per orare, contro nostra voglia sentiamo, che il pensiero ci scappa agli affari domestici, alla lite, e ad altre idee. La fantasia allora colla sua forza strascina altrove i guardi dell'anima. Altri esempli non occorre apportare; perché ognun ne fa pruova sovente in sé stesso; e questo, allorché vegliamo. Né questo già deriva da un'anima sensitiva, condominante in noi coll'anima spirituale. Viene o dal bollore del sangue, o dal moto di altrui fluidi; o pur viene (e questo è il più frequente) dalla vivacità delle idee accompagnate da qualche passione d'interesse, di amore, di odio, di paura &c. Sì fatte idee, per così dire, dimandano udienza, anche quando non vogliamo, e distraggono la mente dalla contemplazion di altri oggetti meno interessanti. Andiamo ora ad esaminare il sonno e i sogni, perché gli spiriti animali e vitali si van consumando per il moto del corpo, e per l'esercizio dei sensi, la maniera istituita dal supremo artefice per sostituirne de i nuovi, quella è, che dimandiamo il sonno, cioè la quiete di esso corpo, e insieme de i sensi, i meati de i quali restano allora chiusi in buona parte all'impressione de i corpi esterni. Che né l'anima, né la fantasia riposino allora, i sogni de i quali abbiam parlato finora, ce ne assicurano. Ma ben diverso è lo stato dell'anima nel sonno e ne i sogni, da quel che si osserva in lei, quando vegliamo. In che gabinetto essa si ritiri, e come si truovi anch'essa non già dormigliosa, ma come in una specie di volontario riposo, non ci è occhio, che possa discernerlo.

Tuttavia si può con sicurezza asserire, che in primo luogo è allora sospeso l'esercizio della volontà per consenso di tutti i teologi e filosofi. Può ben l'uomo addormentato e sognante profferir bestemmie, dire ingiurie al suo prossimo, offendere la riputazione altrui, dilettarsi d'immagini lascive, con provar anche nel corpo suo de i laidi movimenti. Niun peccato commetterà, perché la libertà dell'arbitrio allora è in lui sospesa, né l'anima può dissentire. Quelle idee biasimevoli son commosse a caso dalla fantasia, né l'anima ha assai di forza per resistere. Secondariamente allora si truova la mente nostra senza l'esercizio del giudizio, voglio dire, non può ad arbitrio suo scegliere nella fantasia quelle idee, che vorrebbe nella vigilia per combinarle con altre, e riconoscere se contengono il vero o il falso. Unicamente ella guarda quelle idee, che la fantasia mossa commuove, senza aspettarne ordine alcuno dalla volontà dell'anima. Ne abbiamo una chiara prova. Se vegliando noi ci vedessimo comparir davanti nostro padre, un amico, un parente, già defunti, e della morte de i quali siam più che certi: ci si arriccierebbono i capelli; l'orrore e la paura sarebbero incredibili. Tornate ora a chi sogna. Verrà allora davanti alla mente l'immagine del padre, o dell'amico, o del parente, benché non sieno più viventi: pure non ne faremo maraviglia alcuna, non ne risentiremo verun timore, né pure ci sovverrà, che quella persona sia passata all'altra vita. E perché? Perché la fantasia ci rappresenta solamente quell'idea, che ne formammo, e che tante volte ci fu picchiata in capo, quando erano in vita; né ci lascia veder l'altra, che ricevemmo alla lor morte, e durò pochissimo tempo. A me è accaduto, rarissime volte nondimeno, di veder sognando persona defunta, e di aver fatto qualche poco di riflessione dubbiosa di averla veduta morta, ma senza passar oltre per chiarir quel dubbio, e con seguitare a riguardarla placidamente come viva. Segno è questo, che l'anima allora non può esaminar le cose, non combinarle con altre idee, cioè non ha in moto le forze del giudizio. Mi è avvenuto ancora di veder persone a me note a cavallo corbettar per l'aria, senza che io punto me ne maravigliassi, come pure avrei dovuto fare, se la mente avesse coll'uso del giudizio considerato un sì strano spettacolo, diverso dall'Ippogrifo dell'Ariosto. Nel mio picciolo studio ognun può credere, ch'io so il sito, dove tengo la scrittura. Sognando, ho ordinato per certa difficultà, che me la portino. Non avendola trovata, son io stesso andato a cercarla. Ma dove? In certa sala colonnata, da me non mai veduta; e in certe scanzie a me affatto ignote; e senza ch'io mi accorga e stupisca di tal novità.

Sicché la funzion della mente ne i sogni si riduce alla semplice apprensione degli oggetti, che le schiera davanti la fantasia, senza giudicar della loro verità o falsità, del loro ordine o disordine. Talora vi sarà sembrato di volare, di trovarvi in un paese lontano, di cui avrete letta dianzi la descrizione, di parlare ad un gran monarca da voi non mai veduto. L'anima nel sonno priva della sua libertà e vivacità, per far l'esame della ridicola falsità di quelle idee, le ha unicamente apprese, quali le venivano rappresentate dalla material potenza, non potendo essa allora impedire né quel movimento d'idee, né correggere il loro disordine. In fatti noi bene spesso proviamo, che nei sogni la fantasia ci fa saltare da questo a quel luogo, e da quello ad un altro, e sgarbatamente cangia in un momento le persone e le azioni; né la mente riflette punto o stupisce per sì disparate scene, sembrando allora più tosto una potenza passiva. Contuttociò bisogna pur confessarlo: ne i sogni placidi noi osserviamo accidenti curiosi, ben filati, e colloqui di persone, e talvolta risposte argute, e saggie riflessioni. Da per sé non può la materia, cioè non può la fantasia ordinare quelle azioni, somministrar quei discorsi. Adunque in sogni tali sarà molto da attribuire alla mente; e perciò l'assistenza sua non si dee restringere ad una semplice apprensione. Per altro convien ripetere la reciproca forza della mente e della fantasia, per cui ora l'una, ora l'altra divien predominante, con obbligar la più debole a tenerle dietro. Vi diranno gl'innamorati di qualche persona, o i perduti dietro all'acquisto della roba, che anche vegliando non possono non menare a spasso, come si suol dire, il loro cervello. Cioè la lor fantasia trasporta la mente a pensare a quell'oggetto amato, o pure ad un gran guadagno o tesoro, con figurare a sé stessa accidenti gustosi, col concertare interrogazioni e risposte, che infine son tutte idee vane e finzioni, alla falsità e insussistenza delle quali non bada allora l'anima; e può solamente riconoscerla, da che la mente alzandosi sopra la fantasia, e tornata per così dire in sé, scuopre quali delirj le facea commettere l'altra potenza. Sogni di chi veglia noi sogliam chiamare queste scappate della nostra fantasia. Tanto più questo accade nel sogno. Mancante allora la mente del libero esercizio della volontà e del giudizio, divien allora come serva della fantasia, unendosi seco a mettere in azione e in ragionamenti quelle figurette, ma senza poter discernere il vero o il falso di quel romanzo; il che è riserbato all'anima di fare subito che con cessare il sonno, essa libera da quei ceppi, ripiglia la sua autorità e avvedutezza. Noi vedremo fra poco essere l'anima costretta a far ben peggio nei deliranti, ne i pazzi, negli ubbriachi. E se la mente nel sogno non può discernere la vanità di quei fantasmi, né come la fantasia la trasporti or qua or là con sì sregolati salti; non resta più luogo a noi di maravigliarci, perché essa mente intervenendo a i sogni, non ne ravvisi e non ne impedisca i disordini e gli spropositi. Questi nascono dalla fantasia e non da lei. Quel che ci è di buono e di grazioso nei sogni, vien dall'anima; gli sconcerti e il ridicolo dalla fantasia. Per chi poi è avvezzo a ben parlare ne i familiari ragionamenti, e a comporre in versi: non è cosa difficile, che presti delle buone parlate a quell'interna commedia, e gli scappi ancora composto qualche verso. Ma conviene in fine conchiudere, che l'anima di chi sogna non può liberamente esercitare allora il giudizio, perché mira le sole idee, che a lei presenta a suo talento la fantasia; né ha forza di sceglierne dell'altre per considerarle tutte, come fa vegliando. E quantunque possa formar qualche raziocinio su queste immagini, che le van saltellando davanti: pure perché non può valersi di altre necessarie per ravvisar la verità e le relazioni delle cose; perciò troppo le manca per poterne rettamente giudicare.

CAPITOLO VII

Dei sonnamboli, detti ancora nottamboli.

Alla giurisdizion de i sogni, e conseguentemente della fantasia, appartengono i sonnamboli, che nottamboli men propriamente sono appellati. Vero, ma insieme strano fenomeno, di cui restano assaissimi esempi, che non si possono rivocare in dubbio, e chiunque ha assai praticato il mondo, facilmente avrà conosciuto alcuno di questi sì stravaganti sognatori. Primieramente conviene osservare, se mai la frode potesse intervenire in chi si spaccia suggetto a questa, che senza difficultà si può chiamar malattia. Non è mancato fra i servitori, chi senza licenza del padrone, e tra i figliuoli, chi senza licenza del padre, è uscito di casa la notte per qualche suo poco lodevol fine, ch'egli ha poi cercato di scusare, con pretendersi sonnambolo. Secondariamente certo è, che si son trovate e si truovano forse in ogni paese persone, le quali dormendo fan viaggio ed azioni tali, che può trasecolarne, chi ben vi riflette. Ce ne somministrano i medici e filosofi non pochi casi. Il celebre Gassendo nel libro ottavo della Fisica, al capitolo sesto, sezione terza, racconta di aver ben conosciuto un Giovanni Ferod nella città di Digne patria sua, il quale addormentato si levava la notte, e si vestiva; ma per lo più colla sola camicia, e mezzo vestito, apriva le porte: calava in cantina, cavava del vino, od altre simili cose facea. Talvolta ancora si metteva a scrivere; e quel che è più maraviglioso, benché tutto questo operasse nelle tenebre, pure vedea così chiaramente, come se fosse giorno. Chiamato anche dalla moglie, le rispondeva a proposito. Svegliato poi che era, si ricordava dell'operato. Che se trovandosi addormentato nella cantina, o in istrada, veniva a risvegliarsi, trovavasi bensì nelle tenebre: ma sapendo dove era, se ne tornava poscia a tentone nella camera, o nel letto suo. Sempre nondimeno nello svegliarsi era sorpreso da un gran tremore nelle membra, e da una palpitazion di cuore, con cui si riduceva a letto. Parevagli alle volte ancora di non vedere assai chiaramente, ed immaginandosi di essersi levato avanti giorno, andava ad accendere il fuoco e la lucerna. Narra eziandio, che un certo Riperto dello stesso suo paese, addormentato si levò una volta di notte, e prendendo i trampoli, che noi appelliamo zanchi, e legatili alle gambe e piedi, andò a passare un torrente gonfio, che era nella valle; ma svegliatosi nella ripa di là, non osò di ripassarlo, senza aspettare il giorno, e il calamento dell'acque. Conosco io persona, che in età giovanile soleva nella stessa maniera levarsi, girar per la camera, prendere in mano varj mobili, ch'egli, tuttoché addormentato, ben vedeva e distingueva. Da lì a un quarto di ora se gli oscurava la fantasia, e quasiché fosse colto da improvvise tenebre, si svegliava, e stupido se ne tornava a letto. Così un servitore, suggetto a simili strani movimenti, cercato una mattina qua e là, fu ritrovato addormentato sul cornicione della chiesa. Ebbero giudizio in non risvegliarlo, perché in siti pericolosi il destar questi tali, costa loro ordinariamente la vita. Racconta in fatti il Bodino, che cercato un di questi sonnamboli, fu ritrovato, che nuotava in un fiume. Il chiamarono e svegliarono; ed egli preso dalla paura si affogò. Altri poi son caduti giù da qualche luogo, o urtando si son rotti il capo, e ad altri è succeduto di peggio. Essi poi ordinariamente nulla si ricordano di aver fatte queste passeggiate al contrario de i sogni, de i quali spesso ci sovviene, appena siamo svegliati. Se ciò però accada a tutti i nottamboli, nol so dire.

Fra gli altri casi spezialmente merita attenzione uno assai circonstanziato, che vien riferito dal signor Vigneul Marville nel secondo tomo du Melange di histoire & de letterat. Perché egli stesso ne fu testimonio, voglio riferirlo colle medesime sue parole tradotte dal franzese. Un mio amico, dice egli, mi aveva invitato a passar le vacanze ad una sua bella casa nel paese della Brie, che si chiamava una volta il Paradiso dei Partigiani. Vi trovai buona compagnia e persone di distinzione. Fra l'altre un gentiluomo italiano appellato il signore Agostino Torari (forse è scorretto questo cognome) che era sonnambolo, cioè, che faceva dormendo le azioni ordinarie della vita, che si fanno vegliando. Parea avere non di più di trenta anni, uomo secco, nero di uno spirito freddo, ma penetrante, e capace di scienze più astruse. Gli eccessi del suo sregolamento il prendevano ordinariamente nel calar della luna, e più forte nell'autunno e verno, che nella state. Io aveva una somma curiosità di vedere ciò, che se ne raccontava; e perciò mi accordai col suo cameriere, il quale me ne diceva delle maraviglie, promettendo di avvisarmi, allorché egli fosse per fare questo galante essercizio. Una sera sul fine di ottobre dopo cena ci mettemmo a giocare a varj giuochi. Il signor Agostino giocò al pari degli altri, poi si ritirò, e andò a letto. Un'ora avanti mezza notte il cameriere venne a dirci, che il suo padrone sarebbe sonnambolo quella notte, e che venissimo a vederlo ed osservarlo. Io il riguardai lungo tempo con candela accesa in mano. Egli dormiva supino, e con gli occhi aperti ed immobile: che questo era il segno sicuro del suo accesso, come mi dissero. Io gli toccai le mani, e le trovai freddissime; e il suo polso era sì lento, che sembrava il sangue non circolare. Noi giocammo al trictrac aspettando il tempo o l'apertura di questa commedia. Circa la mezza notte il signore Agostino tirò bruscamente le cortine del suo letto; si levò; si vestì assai propriamente. Io me gli avvicinai, ed avendogli messa la candela sotto il naso, il trovai insensibile con gli occhi sempre aperti ed immobili. Prima di mettersi il cappello, prese la sua bandoliera, che stava appesa presso il letto, e da cui era stata levata la spada per timore di qualche accidente, perché talvolta questi signori sonnamboli menano le mani a diritto e a rovescio. In questo equipaggio il signore Agostino fece più giri per la camera, e s'avvicinò al fuoco; si pose in una sedia, e poco di poi entrò in un gabinetto, dove era la sua valigia; cercò in essa lungo tempo; scompigliò tutti i panni, e dopo averli rimessi in buon ordine, serrò la valigia, e si mise la chiave in saccoccia, da cui trasse una lettera, ch'egli pose sopra la cornice del cammino da fuoco. Ito alla porta della camera l'aprì, e calò giù dalle scale. Quando fu al basso, essendo caduto uno di noi con rumore, egli parve spaventarsi, e raddoppiò il passo. Il suo servitore ci avvisò di andar piano, e di non parlare; perché quando il rumore vicino a lui si mischiava coi suoi sogni, egli diventava furioso, e talora si metteva a correre, come se fosse inseguito. Egli traversò tutto il cortile, che era vasto. Andò diritto alla stalla, vi entrò, fece carezze al cavallo, gli mise la briglia; e cercò la sella per mettergliela; ma non avendola trovata nel sito solito, ne parve inquieto. Montò a cavallo, e galoppò fino alla porta della casa, che trovò serrata. Sceso da cavallo, avendo preso un sasso, batté più volte nella porta: dopo varj inutili sforzi rimontò a cavallo, e il condusse all'abbeveratoio, che era nell'altra facciata del cortile; gli diè a bere, e dopo averlo attaccato a un palo, s'inviò assai tranquillamente per tornare alla sua camera. Al rumore, che faceano i servitori in cucina, divenne più attento; si avvicinò all'uscio, e mise l'orecchio al buco della chiave. Poi passando in fretta all'altra parte, entrò in una sala bassa, dove era un bigliardo. Fece molte andate intorno al gioco, e tutte le positure di un giocatore. Di là passò a mettere le mani sopra un clavicembalo, ch'egli sapeva sonar molto bene, e vi fece un po' di disordine. Infine dopo due ore di esercizio risalì alla sua camera, e si gittò tutto vestito sul letto, dove noi il trovassimo la mattina seguente tre ore prima del mezzo dì nella medesima positura, in cui l'avevamo lasciato; perché ogni volta, che l'eccesso il prendeva, egli dormiva otto o dieci ore continue. Il suo servitore ci disse, che non vi erano se non due maniere di far cessare i suoi accessi, l'una di soleticargli i piedi e l'altra di suonar cornetti o trombette a i suoi orecchi.

Ed ecco uno de i più stravaganti fenomeni, che si possono osservare nella natural costituzione dell'uomo. Ordinariamente non si osserva questo accidente se non negli ultimi uomini, e questi giovani, andandone esente l'età matura, perché in quelli abbonda maggiormente il sangue di spiriti animali, al gagliardo movimento, de i quali ci è ben permesso di attribuire il principio di così stravagante azione dell'anima e della fantasia. Ma come ciò si faccia, non arriveremo forse giammai a bene intenderlo. Ecco ciò, che ne posso dir io. Certo è, che i nottamboli son presi dal sonno, e dormono; cioè son turati i cammini, per li quali passano col mezzo de i sensi al cerebro le idee de i corpi esterni; ligamento nondimeno tenue per gli spiriti animali dell'udito e della lingua, perché non impedisce il sentire talvolta chi canta o parla, e l'articolar molte parole, e il rispondere in sonno a chi interroga, con essersi per tal via scoperti alcuni arcani da chi non avea voglia di rivelarli. In secondo luogo non solamente l'anima, o sia la mente, assiste come nei sogni alla commozion della fantasia dei sonnamboli; ma vigilante di gran lunga si scuopre in essi, che negli ordinariamente sognanti, di modo che si può appellar l'affezion di costoro un sogno vigilante. Tuttavia certo è, che essa allora non esercita le funzioni del giudizio, perché i nottamboli nullamente apprendono o concepiscono i pericoli, ai quali si espongono. Se poi sia l'anima, o pur la fantasia agitata dagli spiriti animali, che metta in moto il loro corpo, e lo tragga alle azioni sopra descritte, pare, che non sia in nostra mano il conoscerlo. Tutte e due senza fallo vi concorrono, ma senza saper noi, se la volontà, quando la libertà dell'anima è legata dal sonno, possa comandare al corpo, né come il corpo allora ubbidisca alla volontà. Tuttavia è da dire, che la sperienza dimostra, esser mosso il corpo dei sonnamboli a far solamente quelle operazioni, alle quali sono assai accostumati vegliando, e a camminar per quei luoghi o strade, dove tante altre volte hanno l'uso di andare. Noi talvolta ci vestiamo, mangiamo &c. col pensiero altrove, cioè coll'anima applicata ad altri oggetti. Però sembra poter noi inferire, che può l'anima attenta ne i sonnamboli, o pure la fantasia commossa, muovere le membra a quegli atti, a i quali da tanto tempo noi siamo avvezzi. E per conseguente non sembra per sé stessa azion prodigiosa quella del levarsi, vestirsi, e passeggiar per una camera, come spesso avviene a questi tali.

All'incontro può parere un prodigio il di più, che fanno i nottamboli, cioè lo scendere le scale, senza andare a tastone; il trovar francamente tanti oggetti; e il camminar per le strade, senza rompersi il collo, e il non urtare il corpo nelle pareti. Il che spesso accade, ma non sempre, sapendosi che alcuni di costoro vi hanno incontrata la morte, o pure ne han riportato gravi percosse ed incomodi al loro corpo. Non si accordano gli scrittori intorno al vedere e non vedere di questi tali. Il Villis medico pretende, che essi non solamente odano, ma anche veggano. Carlo Musitano dall'osservar le loro strane azioni, ne inferì, che l'esterno occhio li ajutava. Ma questo non è sciogliere la quistione. Certamente i più sostentano, non apparire, che gli organi della vista servano a i nottamboli per riconoscere nelle tenebre oggetti esterni; ed ancorché tengano aperti gli occhi in quell'esercizio, non perciò col mezzo di essi conoscono ciò, che è fuori di loro; e quando anche tenessero aperti gli occhi, giacché li supponiam dormienti, non possono questi servire alla visione, essendo allora turato il passaggio alle specie visive. E pure se non ne vedessero, come potrebbono essi con tal franchezza calar per le scale, trovar gli usci, aprire forzieri, salir su i tetti, e far simili altre azioni, che richieggono la luce per distinguere i corpi e i siti? Ora quando si supponga vero, come io tengo per fermo, che il nottambolo non vegga: questo è un arcano, a disciferare il quale, non so se alcuno si possa promettere l'occorrente penetrazione. Pensate ad un cieco, o pure a chi dotato di buona vista vuol operare e camminar nelle folte tenebre. Contuttoché l'anima sua sia affatto allora vigilante e libera, e sia egli pratico dei siti, e de i corpi, che ivi sono: tuttavia gli conviene andare a tentone colle mani o col bastone, e prendere più precauzioni per non fallare; per trovar ciò che cerca, e per non farsi male. All'incontro i sonnamboli sogliono operar quasi colla stessa franchezza, come se fossero vigilanti, e assistiti dalla luce eterna. Come mai questo? Noi sappiamo ancora di alcuni, che iti al tavolino, si son messi a scrivere, e svegliati han poi trovata quella scrittura, senza ricordarsi di averla fatta. Narra il suddetto Villis eziandio, che trovando qualche ostacolo per viaggio, lo schivano, e lo tolgono di mezzo. Ma se effettivamente non veggono, non è credibile, che si accorgano degli impedimenti. Col tatto solo se ne potranno accorgere: altrimenti inciamperanno, e correran pericolo di nuocere a se stessi. Potrebbesi forse immaginare, che la fantasia facesse loro distinguere gli oggetti, nella guisa che succede ne i sogni. Noi sognando, non vi ha dubbio, miriamo, come se fosse giorno, illuminati gli oggetti: il che non è tanto difficile ad intendere; perciocché la luce appunto per via de i nervi ottici porta al cerebro, o sia alla fantasia, gli oggetti irradiati, ed ivi si viene ad imprimere non meno la configurazione e idea di quei corpi, ma anche la stessa luce, senza di cui l'occhio non avrebbe potuto recar quell'ambasciata. Per conseguente l'anima al presentarsele davanti in sogno quelle idee, le vede illuminate. Quindi parer potrebbe, che l'anima de i nottamboli, mirando nella fantasia l'idee di quelle scale, di quelle strade, e di quei corpi, che tante volte l'occhio ha veduto, con tale scorta potesse camminar francamente, come se in fatti vedesse, per esse scale e strade, e mettere la mano sopra quello, che vuol trovare.

Ma cotal riflessione non parmi, che possa mai appagare. La luce, che rende visibili nella nostra fantasia sognante gli oggetti, non esce già fuori di esso capo, onde possa l'anima valersene per discernere i corpi posti fuori di noi nelle tenebre. Nella notte scura noi possiam ben osservare entro la nostra testa l'idea di una torre, di una strada, e distinguere in essa idea le figure di quell'edifizio, i palagi, i portici, le piazze, e botteghe corrispondenti a quella via coll'ordine loro. Ma non per questo ci riuscirà nelle folte tenebre, per quanto si aprano gli occhi, di mirar quella torre, palagio, portico, via, né di distinguere in essa gli oggetti; perché, siccome dicemmo, nella fantasia appariscono irradiate le immagini de i corpi da noi già veduti, e in quel gabinetto l'anima le contempla. Ma fuori del gabinetto non esce la luce; e i corpi reali, se sono affatto ottenebrati, non possono tramandare ai nostri occhi raggio alcuno, che ce li faccia discernere. Resterebbe dunque da dire, che quantunque i nottamboli non abbiano in quello stato forza visiva, facciano nondimeno le loro azioni nelle tenebre colla forza della memoria. Cioè l'anima fissamente mirando nel cerebro le idee usuali de i corpi, e della lor situazione, e de i luoghi, pe i quali si è tante volte camminato, regoli a norma di esse la direzion de i passi, ed ogni altra sua azione. In fatti se costoro s'incontrano in qualche corpo non solito a trovarsi per quei luoghi, vi urtano dentro, e talvolta cadono in precipizj. Galeno stesso confessa di aver dormendo fatto il viaggio di uno stadio, ed essersi destato, perché inciampò in un sasso. Cento venticinque passi formavano allora uno stadio. Sempre nondimeno dovrebbe parer cosa maravigliosa, quanto di sopra abbiamo inteso di quel signore Agostino, che tante azioni facea con tanta franchezza. Non le faremmo noi nella scura notte, benché svegliatissimi, e colla mente ben attenta a tutti i movimenti. Potrebbe anche dire, procedere la lor franchezza, perché gli addormentati camminando per le vie note, e operando cose, alle quali sono tanto accostumati, non han timore, né fanno esame, né apprendono alcun pericolo, e però si lasciano condurre dalle immagini della fantasia. All'incontro l'anima nella vigilia considera i pericoli di chi va ed opera al bujo, e però procede con paura e precauzione. Ed appunto nel destarsi i sonnamboli, si empiono tosto di timore, perché allora solamente si avveggono del pericolo, a cui stavano esposti: al che la mente in sogno non potea riflettere. Ma non lasciano per questo di essere mirabili ed intelligibili le azioni di questa gente, sempre sul supposto che l'organo della vista sia impedito in essi come è in chiunque dorme. E per far maggiormente conoscere, che astrusa materia sia questa, ho riserbato fin qui uno di questi più strani casi assai recente, che si legge distesamente scritto nel tomo vigesimo quarto della raccolta degli Opuscoli del padre Calogerà dal signor don Marziale Reghellini vicentino. Questi fu, che diligentemente ne osservò nell'anno 1740 in Vicenza tutte le circostanze; e siccome ben istruito della filosofia e notomia, era capace di dar sicure notizie del fatto, che è tale.

Al servigio del marchese Luigi Sale in figura di staffiere serviva, e tuttora serve Giam-Batista Negretti, giovane allora di circa ventiquattr'anni, impetuoso nell'operare, quando è svegliato, e non meno allorché fa il mestier di sonnambolo, a cui fin dalla tenera età l'ha portato il natural suo temperamento. Nella sera del dì sedici di marzo 1740 addormentatosi in cucina sopra di una panca, parlato che ebbe di varie cose, si rizzò in piedi: e dopo aver passeggiato più volte, andò verso la sala, e di là asceso al secondo appartamento, si fermò dove stava apparecchiata la tavola per la cena de i suoi padroni. Ivi dato di piglia ad un piattello, e postosi dietro ad una scranna, era presto ad ogni servigio, come se vegliasse, e come se ivi cenassero le consuete persone. Passato qualche tempo, quasi che fosse terminata la cena, sfornì la tavola, e raunate le salviette con altre cose in una cestella, e scese due scale, quelle nel solito armadio ripose, avendolo prima aperto colla chiave senza veruno imbarazzo o confusione. Entrò in cucina, e preso uno scaldaletto, si portò, come suo ufizio era, in una camera; dove piegata a molte doppie la sopracoperta, e toltala dal letto, questo riscaldò. Poscia chiuse le finestre e gli usci, s'inviò per andare a casa; ma ritrovata chiusa la porta di strada, passò alla camera di un suo conservo, a piè del cui letto postosi ginocchioni, ed allestendosi per coricarvisi, venne risvegliato. Interrogato, se delle cose fatte si ricordava, rispose di no, anzi restò confuso e maravigliato. Alcuna volta nondimeno si truova, che se ne ricorda. Nella sera del dì diciotto di esso mese fece lo stesso esercizio addormentato, con aggiungervi l'apparecchio della tavola, per la quale in più fiate portò tutto il bisognevole, cioè piattelli, lumi, salviette, ed altro: in cucina cercò la sua cena; e mentre stava attentamente osservandolo il signor Reghellini con alcuni cavalieri mossi da giusta curiosità per vederlo mangiare, uscì in un atto di ammirazione, e disse: quasi mi scordava, che oggi fosse venerdì, e che avessi destinato di non cenare. Dopo di che riposto il piattello in un armadio, e rimessosi a sedere, dormì quieto lunga pezza senza far altro. Nella sera poi del dì ventiquattro, dormendo, effettivamente cenò, col mangiare tre pani, e molta insalata, ch'egli avea dianzi ricercata dal cuoco. Calò in cantina con lume acceso, dove presa una scodella, e smosso uno spinello, tirò con cautela il vino, che gli bisognava, e se lo bevve, replicando la stessa cosa per due volte.

Tutte queste operazioni fece il sonnambolo con tanta destrezza e franchezza, che meglio non le avrebbe fatte ben desto. Nell'apparecchiar la tavola non confondeva né il luogo delle forchette e coltelli, né le varie scranne solite a prepararsi. Portava il vino, come se vi fosse il padrone con altri, servendosi or di una tazza, or di un'altra, secondo il costume delle persone, che dovevano bere. Quello che maggiormente facea stupire gli astanti era, che nel portare un'asse, sopra cui erano molte caraffe pel vino, oltre al dovere ascendere una lunga scala in due rami divisa, arrivato alla porta della stanza, dove si mangiava, che non è larga quanto è lunga l'asse, pronto si volgeva in fianco per ischivare l'impedimento. In tutto questo tempo, dice il signor Righellini, ho veduto tenere il giovine chiuse constantemente le palpebre, e chiuse con gran forza, come dalle molte loro grinze si comprende; né per quanto si alzasse la voce, egli punto udiva. Oltre a ciò volendo egli spazzar le tele de i ragni appese ad un trave di una sala, come egli era stato comandato, si portò dormendo in tempo di giorno circa le ventitré ore in un largo cortile, e presa la scopa, questa all'estremità di una lunga pertica legò strettamente con corda, e nel salire per le scale non potendo per la lunghezza della pertica aggirarla nel secondo ramo, la depose, e prestamente aprì una finestra, che dà luce alla scala, fuor della quale tanto la prolungò, che poté farla passar oltre. Il che fatto, ritornò a chiudere la finestra, ed eseguì poi quanto gli era stato ordinato. Una notte, mentre dormiva, disse di voler andare col lume avanti alla carrozza per servigio de i padroni. Ed avendolo seguito il signor Reghellini, osservò, che nel voltar delle strade si fermava colla torcia spenta in mano, fintantoché la carrozza, la qual non vi era, potesse aver fatto il giro maggiore. E quando arrivava a quei siti, dove si volge dal cammino retto, era prontissimo a fermarsi, come quando vegliava. Fu veduto ancora andare in cucina, dove prese una secchia, e questa appese ad un uncino unito ad una corda di pozzo profondo; e dopo aver tirata l'acqua, passò in una camera, dove era una caldaja preparata dianzi da lui stesso, e in replicate volte quasi interamente la empié. In tali occasioni non tralasciava le picciole cose, che occorrono alla giornata, come di soffiarsi il naso, sputare, prendere tabacco, e alcuna volta facea ancora le sue funzioni naturali. Talvolta ride, parla, canta, si compassiona, va in collera; e se alcuno il tocca, si rivolge con empito, menando pugni con gran forza (il che si legge di molti altri a lui simili) e difendendosi, quando gli vengono impedite le sue azioni. Per questi motivi una sola volta riuscì al signor Reghellini, ma con gran fatica, di toccargli destramente i polsi, che ritrovò deboli e duri. Finalmente, egli nota, che quantunque le azioni fin qui descritte sieno state fatte a perfezione dal sonnambolo, non è però, che alcuna volta, o per istanchezza del lungo operare, o per alcun altro accidente non le guasti, e non dia del capo e delle mani nei muri: come fece in una occasione; che giocando addormentato alla mora, percosse così fortemente il muro, che per più giorni portò la mano gonfia e addolorata. Abbiamo anche un'altra più recente descrizione delle stravaganti scene di questo sonnambolo, fatta e stampata nel 1744 dal dottore Giovan-Maria Pigatti vicentino, e dedicata al celebre e chiarissimo sig. abbate Conti, cioè a chi forse è per esaminar questa materia coi migliori microscopj della filosofia.

A me restava tuttavia qualche dubbio intorno a questo sonnambolo, dopo aver veduto fatte da lui alcune azioni, alle quali potrebbe essere stato ajutato o dalla luce del giorno, o dal lume della lanterna di chi gli teneva dietro, o dal barlume delle stelle. L'Etmullero scrive, che i nottamboli operano clausis oculis, ma con ammettere altri operanti oculis conniventibus. Tutto, secondo me, il mirabile di costoro si riduce al sapere, se veramente, oltre al dormire, tengano gli occhi ben chiusi, o tenendoli aperti, come nel primo esempio, pure per essi non sia portata la luce degli oggetti al cerebro loro. Perciocché se punto apparisse, che la virtù visiva secondasse le loro azioni, cesserebbe ogni meraviglia. Avendone io perciò scritto al sig. Reghellini, mi confermò egli, che il giovane vicentino opera ad occhi chiusi, con aggiungere di aver fatto la pruova di accostargli una candela accesa in vicinanza degli occhi, senza aver veduto segno alcuno nelle chiuse di lui palpebre, onde credere si potesse che quegli apprendesse il lume. Aggiunge di averlo più volte osservato discendere per le scale, ed anche correndo, senza che vi fosse alcun lume, di modo che parea impossibile, che non dovesse precipitar dalle stesse. Quel che è più notabile, molte volte ancora francamente calava in cantina per una scala affatto scura ed irregolare. Le azioni sue per lo più nel principio non lo son molto franche, perché tocca ora in un luogo, ora in un altro; e poscia opera aggiustatamente. Che non vegga lume, si può anche dedurre dall'esser egli uscito una volta di una camera a terreno, e quantunque vi fosse lume, urtò in un castrone, che passeggiavali davanti, e cadendo in terra si fece un tumore nella fronte. Ho provato (seguita egli a dire) di chiudergli la porta della camera, onde era uscito addormentato; e volendo egli rientrarvi, in essa andava ad urtar colla testa, sforzandosi poi dopo qualche toccamento di aprirla. In quello stato abbenché sia chiamato ad alta voce; non ode; ma bensì è pronto a rivolgersi e a dibattersi qua e là, quando si sente toccato da taluno. Trovandosi in luogo, del quale non possa aver avuto, quando era svegliato, distinta idea, dappoiché ha toccato colle mani le cose vicine, opera confusamente, né dà a dividere ivi movimento alcuno regolato, siccome per lo contrario nei luoghi, de i quali ha una distinta e chiara idea, opera con gran possesso, e senza confusione. E il signor Pigatti scrive che, volendo costui nella notte del dì 15 di marzo uscire all'anticamera, durò molta fatica prima d'imboccar la porta: cosa che per l'addietro non gli era mai accaduta. Finalmente il signor Reghellini aggiunge, aver questo sonnambolo un picciolo figliuolo, che parla dormendo, e talvolta si leva in piedi, e molte cose chiede alla madre con ordine di fanciullesco discorso. Così il signor Reghellini. Ho io ancora parlato con chi in età giovanile era soggetto a questo bizzarro fenomeno, ed inteso, che entro la lor camera faceano francamente tutte le funzioni usate, come quando vegliavano. Ma se per avventura venivano svegliati, restavano confusi, né sapeano truovar la via per ricondursi a letto.

Ora posto come punto accertato, che le operazioni de i sonnamboli si facciano ad occhi ben chiusi; o se aperti, nulla nondimeno operanti per informar la fantasia e la mente degli oggetti esterni: conviene per necessità riferire la direzion de' loro movimenti ed azioni ad un principio interno, cioè alla mente, o sia all'anima, ovvero alla fantasia. Che la mente vi assista (torno a dirlo) non si può negare: ma senza poter ella esercitare allora tutte le sue forze, cioè quelle del giudizio. Con isvegliar la persona, allora vien rimessa la mente nel suo libero esercizio: e conoscendo i rischi, ai quali era esposto il suo corpo nel sonnambolare, naturalmente si raccapriccia, ed è presa da timore e confusione, come chi pensa ad un grave pericolo, a cui si è poco fa fortunatamente sottratto. Sembra all'incontro motrice e regolatrice principale la fantasia delle operazioni e dei movimenti di tali persone. Dormendo noi, questa facoltà certo non dorme, assicurandocene i sogni, di parte dei quali ci ricordiamo, e degli altri non ci resta memoria. Sognano appunto gli addormentati nottamboli di trovarsi in quei siti, e di far quelle azioni, che vegliando sogliono praticare. La vivacità del sangue lor giovanile (giacché in tale età per lo più succede la loro stravaganza) eccita gagliardi sogni nella fantasia, e la fantasia sì fortemente commossa, mette anch'essa in moto il corpo in maniera tale, che vengono fatte al sonnambolo quelle stesse azioni, nelle quali si era dianzi abituato vegliando, ed effettuati con movimenti esterni i movimenti ideati internamente dalla fantasia. Si crede, che gli spiriti animali col tanto andare e riandare per le stesse vie, producano la facilità di esse azioni: del che io lascerò disputar chiunque vuole. Mentre altri si studierà di spiegar meglio il fenomeno de i sonnamboli, e di additarcene le più verisimili cagioni, io torno sempre a ripetere, non essere punto da maravigliarsi di molti di essi, che restringono tutto la lor cavallerizza alla propria camera. Stupore bensì a me recano gli esempi sopra riferiti dell'italiano in Francia e dell'altro in Vicenza. Immagini chiunque vuole, che svegliandosi nella fantasia sognante le immagini di quelle camere, sale, cortile, e che so io, dove si è solito a mettere il piede, e di tutti quegli oggetti, che ivi tante fiate si son veduti toccati, e maneggiati: queste immagini servono di direzione al nottambolo per far que' giri ed azioni, per la precedente assuefazione. Ma quando si fa attenzione al bisogno della natura per camminare al bujo, non si sa più intendere, come costoro possano senza cadere, senza urtare, girar per le contrade, scendere le scale. Ritien la loro fantasia le idee di quei luoghi: è vero; ed ha anche presenti quegli oggetti, e si muove in quei siti medesimi. Ma non si truovano in essa le idee della larghezza e del numero degli scalini; né quante braccia sia lunga una contrada, per saper quando s'abbia a voltare, né quando sia largo un portico; né quanti passi si ricerchino per passare dall'una parte di un cortile all'altra, dove è per esempio la scuderia o la cantina. Queste notizie minute non le può dar la fantasia, perché mai non vi si è fatta mente. L'occhio solo aperto, e la luce son per questo necessarie. Figuratevi un sonnambolo, che voglia correre, come abbiamo inteso del vicentino, per una scala. Qualora non misuri bene i suoi passi, e metta il piè un poco troppo avanti sopra un gradino: eccolo precipitare. A noi vegliando non avviene, perché stiamo attenti coll'occhio; e questo ajuto manca al nottambolo. Abbiamo anche avvertito, che gli affatto ciechi suppliscono al difetto della vista, attenendosi colle mani al muro, o a qualche altro regolatore. Che se chi è privo degli occhi, come allora son da dire i nottamboli, si avvia per una contrada, o per qualche portico senza ajutarsi colle mani: troppo è facile, che la direzion del suo corpo si volga alla sinistra o alla diritta. Ora ogni poco che la linea diritta di esso corpo si torca, per necessità progredendo ha da condurre quel cieco a dar della testa nel muro, o nelle colonne. Si può rispondere, che noi talvolta sovra pensiero, cioè colla mente intenta a qualche importante affare, nulla badiamo alla strada; e pur camminiamo, e facciam le occorrenti volate: ma allora vediamo, ed ogni picciolo ajuto dell'occhio ci è scorta: altrimenti potremmo talvolta andare dove non vogliamo. Si può aggiungere, trovarsi in Bologna una persona civile cieca, che liberamente passeggia per quella città senza valersi delle mani o del bastone per guida. Ma convien prima chiarire, se sia affatto in tal persona estinta la forza degli occhi. Ogni poco di luce potrebbe giovargli. E quando pur sia onninamente cieca, avrà sempre qualche ciera di prodigio il suo franco operare. In somma secondo il mio debole sentimento, si dovrebbe conchiudere, che il sonnambolo si truova continuamente esposto al rischio di urtare, di precipitare, e di perdere anche la vita, come a non pochi è accaduto; e dee sempre dirsi una maraviglia, qualora questi addormentati ambulanti sì francamente, e senza alcun loro danno operano ciò, che di essi abbiam riferito di sopra. Il ripiego che ho veduto praticare per un signor grande soggetto a somiglianti trasporti, fu di chiudere all'intorno con rete di corda il suo letto: con che vano restava ogni suo tentativo di andar a cercare il malanno. Mi è stato similmente riferito dal sig. dottore Pozzi, uno de' primarj e più eccellenti medici di Bologna, e medico del regnante pontefice Benedetto XIV esservi un sacerdote, che ogni due mesi si fa tagliare i capelli. Se nol fa, è condannato ad essere sonnambolo. Chi può mai spiegare tutte queste scene della natura umana?

CAPITOLO VIII

Della pazzia e del delirio,
deplorabili effetti della fantasia.

Allorché il volgo e più di uno ancora, che è sopra il volgo, s'incontra a vedere un pazzo, nulla attinente a sé, e ne ode gli stravolti concetti, e mischiato talvolta il sodo col ridicolo, difficilmente si astiene dal ridere, e si prende anche spasso in eccitar quelle povere teste a continuar la tela degli spropositi. Inconsiderati che sono! Non vi ha spettacolo, che maggiormente deggia umiliare la superbia nostra, che il mirare un uomo impazzito e fuor di sé, cioè un uomo divenuto simile alle bestie insensate. Ma chi disse simile? Peggio, peggio, che bestia è un uomo, qualora perde l'uso della ragione, non fa che azioni sregolate, e parla e sparla sovente fuor di proposito; e se lo sconcerto del suo capo divien maggiore, sempre si truova in pericolo la vita sua, o l'altrui. Men male farebbe la morte, che il vivere in sì deplorabil stato. Tale certo non possiam dire, che sia quel delle bestie, le quali regolatamente di ordinario operano, cioè a tenore di quelle leggi, che il sapientissimo autore del tutto ha prescritto ad ogni specie di creature irragionevoli semoventi. Però a tale aspetto, almeno internamente si rattrista ogni saggio, perché sa essere misericordia di Dio, s'egli è sano di mente, e mancare ad ognuno la sicurezza di andare sempre esente da sì enorme calamità. Quanto a me, sì disgustosa impressione fa nella mia mente la considerazion della pazzia, e del delirio, che ho fin ribrezzo a voler per poco accennare la lor cagione, e i lor perniciosissimi effetti; perché troppo deforme vista fa un animal ragionevole, cotanto privilegiato da Dio, ridotto colla pazzia, non dirò ad essere, ma a parer privo di ragione. Ciò non ostante, dirò essere il delirio un impetuoso sconvolgimento delle immagini del cerebro, per cui, vegliando l'uomo, la fantasia divien disubbidiente alla mente, forzandola in certa guisa a mirar quelle sole disordinate idee, ch'essa le mette davanti, senza che la mente possa allora valersi della sua libertà ed autorità di scegliere quelle che vuole. La pazzia poi è uno sconvolgimento ordinariamente pacato di alcune particolari idee: con questa differenza, che il delirio suol essere breve: laddove la pazzia, se la medicina non è possente a guarirla, può e suol durare fino al fine della vita. Perciò la sede di queste gravi malattie si dee cercare nel cerebro nostro, che abbiam veduto essere l'officina di essa fantasia. O il sangue troppo acceso ed agitato della bile, o gli spiriti tramandati dall'umore melanconico, o pure il solo bollore del sangue nella febbre, possono con tal forza salire al nostro cervello, che ne turbino l'economia, e ne sconvolgano la buona armonia. Ciò succedendo, le idee impresse nella massa del medesimo cerebro si slogano, si mettono in confusione, e perdono quell'ordinanza e quiete, che dianzi godeano. La mente sana nel corpo sano, siccome proviam tutto dì, trasceglie dalla fantasia ubbidiente quelle idee, che vuole, perché già in essa impresse; e ne accozza delle disparate, per formare non men le meditazioni sue, che i familiari nostri ragionamenti. Essa allora esercita il suo despotismo sopra la potenza materiale, destinata dall'istituzion naturale per sua ministra e serva. All'incontro, siccome abbiam veduto ne' sogni placidi, la fantasia fa in certa guisa da padrona, mettendo davanti alla mente quelle immagini, che son commosse dagli spiriti del sangue, e mutandole a suo talento, senza che la mente possa regolarla, o impedir quelle mutazioni di scene. Ciò non ostante la mente unita colla stessa fantasia suol formare in sogno delle commedie non di rado ordinate, curiose, e graziose. Se poi la fantasia è fortemente agitata, anche la mente resta involta in quella burasca, e ne escono sogni tetri, sogni affatto disordinati, e talvolta sì spiacevoli, o minacciosi, che si rompe il sonno con restare per qualche poco di tempo il terrore, e il frequente battimento di cuore nella persona svegliata. Ma finalmente cessando questi sogni, cessa ancora la turbazion della mente, e tutto l'uomo torna alla quiete primiera.

Non va già così nella frenesia, o sia nel delirio, e nella pazzia, perché la tempesta della frenesia può durar giorni e settimane, e quella della pazzia mesi ed anni. E l'anima allora, benché non sieno legate dal sonno le sue forze, pure partecipa del disordine dell'altra potenza, in guisa tale che nel delirante e nel pazzo noi troviamo imbrogliata la facoltà del raziocinare, e giudicare; e conseguentemente impedito all'anima l'uso del libero arbitrio della volontà, finché dura lo sconvolgimento della fantasia disordinata e predominante. Abbiam detto altrove, che può prevalere anche la forza della potenza materiale alla spirituale. Questo eccesso pur troppo accade nella frenesia e pazzia, giacché si sente e conosce, non poter l'anima allora impedire i moti violenti, e lo scompiglio della fantasia; anzi per la intrinseca unione, che ha con esso lei, è rapita anch'essa a formar seco della chimere, e a prorompere in riflessioni ridicole, e in concetti spropositati. Né può essere altrimenti, perché l'anima nostra nelle azioni sue ha bisogno di consultare continuamente il magazzino della fantasia, prendendo di là le idee tanto materiali, che intellettuali ivi deposte, e parimente le parole e frasi, cioè i segni destinati dal precedente consenso dei popoli a significare ed esprimere colla voce le idee suddette. Ma se questo magazzino si truova messo sossopra, scompigliato l'ordine di quelle immagini, come può mai la mente esercitar con quiete e libertà le sue funzioni? Se ella cerca e vuol trascegliere qualche idea, la fantasia bollente nel delirio, disordinata nella pazzia, gliene presenta dell'altre molto diverse. Né può ella fermarsi a meditare, cioè a contemplar le idee, perché l'altra potenza posta in gran movimento muta spesso scena, e mena altre idee in campo. Sicché noi troviamo bensì l'anima mischiata nel delirio e nella pazzia, perché i suggetti a sì grave sconcerto del loro cerebro li udiamo parlare di tanto in tanto a tuono, e talvolta scorrere in ingegnose riflessioni e spiritosi concetti; ed anche lo stesso loro spropositato ragionamento non può farsi senza l'intervento ed influsso dell'anima. Contuttociò essendo in quel bollore impedita ad essa anima la libertà di eleggere e volere, e tolta a lei l'opportuna posatezza, per esaminar la idee, e la quiete necessaria al giudizio, per discernere la verità o falsità, la bontà o malizia delle cose, conseguentemente per quanti spropositi dica il farneticante o l'impazzito, per quante azioni faccia sregolate, ed anche per sé stesse peccaminose, egli non pecca, né offende Dio; e degno è di compatimento presso gli uomini, finché sussiste il disordine della fantasia suddetta. Aggiungasi, che venendo in noi queste malattie senza colpa nostra, è di dovere, che né pur ci siano attribuiti a colpa i lor cattivi effetti.

Se noi volessimo qui ascoltare l'ordinario linguaggio degli uomini, noi avremmo tutto il mondo pieno di deliranti e pazzi. Lo stesso saggio nelle divine scritture non ebbe difficoltà lo scrivere, che il numero degli stolti è infinito. E fra stolto e pazzo noi facciam poco o nulla differenza. Certamente tuttodì udiam dire: quegli è un pazzo; e pazzie vengono appellate tante azioni, che si possono osservare nella gran fiera de i mortali; Ma è da dire, nulla più significare in casi tali il nome di pazzo, che l'uomo operante con poca o niuna prudenza, perché nuoce a se stesso o ad altri, quando l'istituto della natura richiede, ch'egli abbia, per quanto si può, da giovare a se medesimo, o al prossimo suo. Però il nome di vera e propria pazzia, la quale scusa dal peccato, solamente convien all'uomo, allorché la nostra fantasia patisce un sì fatto naturale involontario sconcerto, che giunge ancora a recar danno o impedimento alla libertà e alle funzioni dell'anima ragionevole. E tale sconcerto è vario nei suoi gradi, cioè del più e del meno, e nelle maniere, e negli effetti. Dassi un totale sconvolgimento di fantasia ne i più potenti delirj, facendosi allora una gran confusione di quasi tutte le immagini fitte nel cerebro. Ma vi ha de i delirj parziali, nei quali un solo fantasma troppo vigoroso induce l'anima a parlar fuori di proposito. Dimando io licenza di poter qui riferire ciò, che a me stesso una volta accadde, perché forse potrebbe riuscir utile ad alcuno de i lettori. Nell'anno 1717 cominciai la fabbrica della parrocchiale mia chiesa della Pomposa in Modena, e nel 1720 tornai ad ufiziarvi. In quasi tutto questo tempo io sentiva la mia sanità traballante. Osservai, che contra il mio solito io non sognavo più. Di certi moti involontarj degli umori del corpo in dormendo io più non mi accorgeva, quando mi erano sensibili in addietro. Dopo la settima battuta del polso una ne mancava. In somma si potea scorgere infetta la massa del sangue; ma io non ne feci mai caso, finché nell'anno 1720 si attaccò fuoco alla macchina, ed ebbi una lunga e pericolosa malattia di febbri maligne. Il gran bere dell'acqua e il sudare fu quello, che mi rendé la salute, e rimise nella primiera armonia il corpo. Ad altro non seppi attribuir la cagione di questo mio malore, che alla stessa fabbrica, o per gli effluvj delle calci, o per quei dei fondamenti cavati in siti, dove erano materie putride e puzzolenti. Anche tutti di mia famiglia un dietro all'altro s'infermarono. Però guardatevi dal fare spesse visite a somiglianti fabbriche. Oltre al mio ne ho io osservato qualch'altro funesto esempio. Mi colse quella malattia in tempo, che si ragionava forte di certuno, che avanzandosi molto nella corte del Principe nostro, io assai prevedeva, che arriverebbe ad essere in essa il fac totum, e a introdurre la discordia nella ducal famiglia, e ad inventar nuovi aggravj in danno del pubblico; cose, che poi avvennero tutte, dappoiché fui guarito. Delirio, cagionatomi dalla febbre, questo era il fantasma, che predominava. Tutti i sogni, più di gran lunga allora tormentosi a me che la vigilia, sempre battevano in questo; poscia svegliato mi andava accorgendo del mio delirio.

Più frequentemente nella pazzia accade, che un solo primo fantasma turbi talmente la fantasia, che ne venga a patire anche il lume dell'intelletto. Questo malore, quando arriva ad essere totale, cioè a disordinar tutto il cerebro, e le idee ivi impresse, allora è nel suo maggiore accesso. Ma per lo più noi troviamo veri pazzi, che sensatamente parleranno per qualche tempo, né voi vi accorgerete della loro infermità, se non toccate certe corde, il suon delle quali fa poi conoscere, ch'è guasta l'interna armonia con discapito della stessa ragione. Siccome poco fa accennammo, se per operare talvolta imprudentemente, e far danno a sé medesimo, si avesse tosto ad incorrere la taccia di pazzo, a pochi pure si ridurrebbe il numero dei savj! Per veri pazzi adunque noi coloro solamente intendiamo, nel cervello de' quali si formano e tenacemente si conficcano alcuni ridicolosi e falsi fantasmi; riconosciuti per tali da ciascuno, fuorché da chi gli alloggia, di modo che ad espugnarli non è più bastante la mente seco unita, né qualsivoglia ragione altrui. Un solo dissi di così strani fantasmi basta a guadagnare all'uomo la malveduta patente di pazzo. Andate agli spedali delle gran città, dove si raccolgono i pazzerelli: quegli si è cacciato in capo di essere papa, o re. Quell'altro di essere generale di armata, o pur figlio di erede di qualche nobil famiglia. L'uno si tiene perseguitato da sognati nemici; e l'altro è persuaso, che una gran signora è spasimata per lui, e che la prepotenza de i suoi rivali gli ha tirato addosso quelle manette e catene. Così altri si son veduti ostinati in credere di avere il capo di vetro, di essere trasformati in qualche bestia, e così discorrendo. Delle più stravaganti follìe & idee è capace la fantasia di ogni uomo, o per qualche infermità, o per qualche violenta passione, per un improvviso terrore, per una grave mutazion di stato, per una gran fallita speranza, o per altri non pochi accidenti e disavventure della vita umana. E spezialmente si truovano suggette a sì deplorabili insulti le persone di temperamento melanconico ed ipocondriaco, e quelle di sangue troppo adusto, e le fantasie troppo vivaci, o troppo deboli, per tacere altre disposizioni naturali, e i varj accidenti possono sconcertare il buon ordine dell'intero gabinetto dell'anima umana.

Ora ognun può avvertire, che nella fantasia è situato il malore della pazzia e cagione, come abbiam detto, di una o di più spropositate idee, che quivi si piantano al dispetto della detta ragione. Ma che fa allora la mente, di cui pure dovrebbe essere uffizio il reprimere la potenza corporea, e il riordinare i suoi disordini? Certo è, che manifestamente si osserva il vigore di essa mente anche negl'impazziti per tanti ragionamenti ben filati, per le ingegnose e sode riflessioni che fanno. Notissimo ancora è, che buona parte di essi gode de i lucidi intervalli di tanto in tanto, nel qual tempo possono fare azioni ragionevoli e di molto senno. Tuttavia tale è la forza di quei falsi fantasmi, profondamente impressi nel cerebro, che supera la forza dell'anima, cioè della sostanza pensante, di modo che essa anima non solo non può correggere in quella parte la fantasia guasta, ma né pure avvedersi del falso e del ridicolo di quella seduttrice immagine. Potreste voi, e mille altre eloquenti persone sfiatarvi per convincere un pazzo, che non vi ha chi voglia avvelenarlo, che il suo capo non è di cera; che s'inganna a credere, che fosse a lui dovuta per conto alcuno quella pingue eredità, per cui ha perduto il senno. Egli vi riderà dietro, sapendone assai più di voi. Ci è di più. Non la sola gente dozzinale e rozza, da che le si è intraversata in capo una di queste sì stravaganti idee, è incapace di lasciarsi persuadere, e di superar quell'inganno; ma alla medesima pertinacia e disavventura son sottoposti gli uomini di grande ingegno, e di non minor sapere. Come caso raro merita qui di essere rammentato quello, ch'io già rapportai nel mio Trattato del buon gusto; cioè del padre Sgambati gesuita, uomo provetto nelle scienze, e autore di alcuni libri. S'immaginò egli di essere stato creato cardinale, né più si trovò maniera, né valsero parole per farlo rinvenire da così bello e gradito fantasma. Quel padre provinciale, che gli tenne un sodo ed amichevol ragionamento, per desiderio e speranza di fargli mutar parere, n'ebbe per risposta questo dilemma. O vostra riverenza mi tien per pazzo, o no. Se no, mi fa un gran torto, parlandomi in questa maniera. Se poi mi crede un pazzo, mi perdoni, se le dico, esser ella più pazzo di me, perché si figura di poter guarire un pazzo con sole parole. A riserva poi di questa sola piacevol persuasione, egli riteneva il senno per le materie scientifiche, e a quei giovani studenti, che ricorrevano a lui per le difficoltà occorrenti, purché la petizion cominciasse dal titolo di Vostra Eminenza, egli rispondeva con allegra affabilità, ed apriva tutto l'erario della sua dottrina. Sarebbe guarito, se un papa avesse avuta in carità di crearlo davvero cardinale.

Ma, Dio buono! come mai la mente di un uomo, che tanto sapeva ed avea lume per le astruse verità delle scienze, non era poi da tanto, che potesse emendare un fallo sì patente della sua fantasia? E pure questo vigor le mancava. Ora tanto per lui, come per altri suoi simili, di fantasia non in tutte le sue parti lesa, ma da un solo strano e ridicolo fantasma oppressa, si potrebbe forse dire, che avvenisse ciò, che sovente accade a coloro ancora, che son di mente sana. Nelle scuole e ne i tribunali dei giudici, e in altre occasioni, si truovano talvolta persone, che dopo aver fissata una massima, o addottata per sua una sentenza, non ci è argano, non ci è ragione in contrario, che le possa smuovere. Gente caparbia e cocciuta, che troppo crede a se stessa, ed è priva di quella flessibilità di giudizio, di cui tutti abbisogniamo per pesare senza parzialità e con esatte bilance le ragioni delle cose, a fin di distinguere il vero, o il giusto dal falso o dall'ingiusto, e l'apparenza dalla sostanza. La differenza, che passa fra questa gente sì pertinace nei suoi sentimenti, e chi sta scritto nel ruolo dei pazzi, certo non è picciola. Imperciochè i primi si fan forti in materie disputabili, nelle quali bene spesso non si scorge con evidenza qual partito si abbia a prendere, potendo nondimeno darsi, chi si ostini nel suo parere contro l'evidenza medesima: laddove l'ostinazion del pazzo consiste in sostener per vero ciò, che fino la più zotica gente chiaramente può conoscere, che è falso. Ciò non ostante per conto della pertinacia l'esempio de i primi può condurci ad intendere la disgrazia de i secondi. Tanto gli uni che gli altri piantano per così dire a due mani nel loro cerebro una massima, sentenza, od opinione, come certa, certissima; e però indarno si adoperano poi squadre di ragioni per far loro mutar sentimento. Quanto a quel buon religioso, (quantunque fosse stata la cagione, che io non so, di riputarsi cardinale) ognun vede, che questo fantasma si era impresso nella sua fantasia, come un'evidente ed innegabil verità. Se uno o più gli parlavano in contrario, alla mente sua subito si affacciava quel dominante fantasma vestito del carattere della certezza; e però non dava luogo ad altri opposti fantasmi. Se a me cento persone volessero far credere, che io son senza naso, o guercio, o che la torre marmorea di Modena (forse la più vaga di quante ha l'Italia) non è quadra dal fondo fino alla metà, mi riderei di essi, perché so ad evidenza il contrario. Non son da meno i pazzi. Lor disgrazia fu sulle prime aver dato udienza a quella falsa, e ridicola opinione, e l'averne sì tenacemente fissata l'immagine nel loro cerebro. Da lì innanzi non è più da maravigliarsi, se ragion non vale per disingannarli. Aggiungasi che il cerebro stesso di chi impazzisce, o in tutto o in parte dee trovarsi sconcertato da qualche umor peccante travasato, o da spiriti animali di natura morbosa; ed essendo l'anima impotente a conoscere e correggere quel vizio, perché a tanto non arriva il nostro guardo interno: ciò né pure si accorge di essere ingannata da i fantasmi della guasta fantasia. Ora il malore, in cui consiste la pazzia, nei più è incurabile; in alcuni cede alla cura de i medici. Nell'insigne Spedale di Napoli a sì tenue dieta son tenuti i pazzarelli, che diventano come scheletri. A poco a poco crescendo la dosa del cibo, tornano in carne; e smaltiti i cattivi umori, e mutato tutto il sangue, credo, che alcuni di essi restino col capo sano. Come si ha dalle Transazioni dell'Accademia Reale d'Inghilterra all'anno 1667 un pazzo inveterato in Parigi, per quanti salassi a lui fossero dati, non ne provò mai giovamento. Bensì la trasfusione del sangue di un vitello nelle vene di lui il guarì. Facea gran rumore allora questa invenzione, che poscia è scaduta, e niuno ne parla più. A quei poscia, che patiscono pazzia parziale, cioè, che si truovano occupati da un solo pernicioso fantasma, suol servire di medicamento l'ingannarli nella medesima qualità d'inganno. Era saltata in capo ad uno la ridicola specie, che gli fossero nate le corna, e non si arrendeva a ragioni. Si esibì un medico di guarirlo, purché se le lasciasse tagliare, promettendogli di farlo con tutta destrezza. Ne portò seco nascostamente un pajo, e dopo un bell'apparato di seghe e ferri, che fecero tremare il cuore al paziente, si venne alla grande operazione. Saltarono in terra segnate quelle due armature, e fra il plauso degli astanti saltò su il buon uomo guarito, e di altro umore, che chi resta scornato. Così a guarir la fantasia di chi teneva per fermo di avere in corpo un serpente, o altra pericolosa bestia, si adoperavano somiglianti inganni, e con frutto. Volesse Dio, che si potessero con egual facilità correggere tanti altri minori fantasmi, che non fan già impazzire le persone, ma che turbano talvolta la quiete pubblica, e bene spesso quella de i privati, e son cagione di gravi sconcerti e passioni nel cuore e nella mente de i mortali. Di questi tornerà occasion di parlare andando innanzi.

CAPITOLO IX

Delle estasi, e visioni.

Appartiene ancora alla giurisdizione della fantasia quel fenomeno, che in alcune persone dell'uno e dell'altro sesso, ma spezialmente del femminile, talvolta accade, ed è significato col nome di estasi. Ne han trattato varj autori, massimamente i teologi. A me ancora sia permesso di dirne qualche poco. Noi intendiamo per estasi una gagliarda astrazione dell'anima da i sensi, e dalle cose sensibili, che son fuori di noi, per contemplare internamente le sole idee e immagini raccolte nella fantasia. La sperienza ci fa conoscere, che talvolta sì fissamente il nostro pensiero, o per dir meglio la sostanza pensante è applicata a qualche oggetto, di cui la fantasia conserva l'immagine, guatandolo con la medesima chiarezza, come se avesse davanti agli occhi realmente lo stesso oggetto; sì fissamente, dico, che l'ufizio de' sensi resta allora sospeso. Quel suono, che allora si fa, nol sentiamo; quelle persone, che abbiam dintorno, o che passano davanti agli occhi nostri aperti, non le riconosciamo punto; e così degli altri sensi. Questa si chiama astrazione di mente, che in alcuni più, e in altri meno, possiamo spesso osservare; e può appellarsi un sogno di chi veglia. Più senza paragone è gagliarda l'astrazione dell'estasi, perché allora non solamente resta sopito ogni senso, come nel sonno, ma anche abbandonato il corpo; di modoché, qualora l'astrazione sia totale, se non concorre una forza sopranaturale a sostenerlo, esso cade a terra. In questo mentre l'anima, non più occupata dalle funzioni de' sensi, e concentrata nell'interno suo gabinetto, contempla le idee della fantasia, discorre, e forma di esse varie combinazioni, nella guisa stessa, come se noi vegliando, ma astratti, ci figurassimo di vedere un gran principe venire a casa nostra, o di trovare un tesoro, o di essere promossi a qualche cospicua dignità. Allora la mente darebbe corpo a questa idea, immaginando tutto il corteggio di azioni, di riflessioni, e di parole, che verisimilmente concorrerebbe in questo ideale e non reale né vero accidente, con formare un breve gustoso romanzo.

Altrettanto e più avviene nell'estasi. Il celebro signore Leibnizio cercava, se si potesse formare negli uomini un'arte di astrazione sì forte da i sensi, che ne pur si sentissero i tormenti allora inferiti al corpo. Tanto prima di lui il Cardano avea non solamente proposto questo problema, ma anche asserito, che può l'uomo colla natural sua forza alienarsi da i sensi, e passare all'estasi, allegando nel libro ottavo de Varietat. al capo quarantesimoterzo, l'esempio di se stesso, che a suo talento si metteva in una tale astrazione, che appena udiva leggiermente le voci di chi parlava, senza però capirne il senso. Dice di più santo Agostino nel libro decimoquarto al capitolo vigesimoquarto de Civitate Dei, cioè essere vivuto ai suoi dì un Restituto prete, il quale, quando gliene veniva la voglia, o era pregato dagli amici, si alienava da i sensi, e giaceva simile ad un morto, in maniera tale che non solo non sentiva, chi il solleticava o pungeva, ma alle volte ancora scottato col fuoco, non ne provava dolore alcuno, se non dappoicché era tornato in se stesso, e sentiva la ferita. L'attribuire questo insolito caso al diavolo, come ha voluto decidere taluno, altro nome non merita, che di troppo precipitosa sentenza, e propria solamente degl'ingegni minori, che non sapendo spiegare gli stravaganti fenomeni della natura, ricorrono tosto agli aggenti sopranaturali. Deus in machina, dicevano gli antichi. Santo Agostino, che riferisce questo caso, e ne sapea più di certi teologi peripatetici, non si avvisò già d'introdurre il diavolo in questa scena e in altri casi strani, che egli ivi racconta. Da lui sappiamo ancora, che quel Restituto nello stato suddetto, udiva anch'egli le voci degli uomini chiaramente parlanti, se non che a lui pareva, che fossero lontane. Come poi non sentisse allora una scottatura, par difficile a credersi; né santo Agostino l'avea co i proprj occhi veduto, sapendolo solo per relazioni altrui. Che poi nelle astrazioni estatiche l'anima pensi, e formi raziocinj e ragionamenti, movendo con ordine e giudizio le immagini occorrenti della fantasia, evidentemente si raccoglie da quanto avveniva al principe de i poeti epici italiani, cioè a Torquato Tasso, uomo di temperamento sommamente malinconico, quello appunto, che più degli altri porta a strani effetti della fantasia, potendosi credere, tale essere la forza di essa, che spinga la mente ad abbandonare i sensi, per badare unicamente a ciò, che essa con troppa vivacità le rappresenta. Ecco parte di quel che si legge nella Vita di lui scritta da Giam. Battista Manso.

Sosteneva esso Tasso di veder chiaramente uno spirito buono, che gli appariva, e seco disputava di altissime dottrine. Gli era opposto, ciò essere un trasporto della sua fantasia, ed egli rispondeva: Che se le cose ch'egli ode e vede, fossero fantastichi apparimenti, dalla sua stessa immaginativa composti, non potrebbero esser tali, che sopravvanzassero il suo sapere; perciocché l'immaginativa si fa col rivolgimento degli stessi fantasmi, o delle spezie, che nella memoria si conservano delle cose da noi in prima apprese; ma che egli nei molto e lunghi e continuati ragionamenti, che con quello spirito ha tenuto, ha da lui udite cose, che giammai prima né udì, né lesse, né seppe, che altr'uomo abbia giammai sapute. Laonde conchiude, che queste sue visioni non possono essere folli immaginazioni della fantasia; ma vere e reali apparizioni di alcuno spirito, che qualunque se ne sia la cagione, se gli lasci visibilmente vedere. Alle quali cose contradicendogli io, e replicando egli all'incontro, ci conducemmo un giorno a tale, ch'egli mi disse: Poiché non posso persuadervi colle ragioni, vi sgannerò coll'esperienza, e farò, che voi con gli occhi stessi veggiate quello spirito, di cui non volete prestar fede alle mie parole. Io accettai la proferta, e il seguente giorno stando noi tutti soli a seder presso il fuoco, egli rivolto lo sguardo verso una finestra, e tenendolovi un pezzo fisso, sicché rappellandolo io, nulla mi rispondeva: alla fine ecco mi disse, l'amico spirito, che cortesemente è venuto a favellarmi. Miratelo e vedrete la verità delle mie parole. Io drizzai gli occhi colà incontanente; ma per molto che io gli aguzzassi, null'altro vidi, che i raggi del sole, che per gli vetri della finestra entravano nella camera. E mentre io andavo pur con gli occhi attorno riguardando, e niente scorgendo, ascoltai, che Torquato era in altissimi ragionamenti entrato con cui che sia. Perciocché quantunque io non vedessi, né udissi altro che lui, nondimeno le sue parole or proponendo, ed or rispondendo erano, quali si veggono essere fra coloro, che di alcuna cosa importante sono a stretto ragionamento. E da quelle di lui agevolmente comprendevo, coll'intelletto l'altre, che gli venivano risposte, quantunque per l'orecchio non l'intendessi. Ed erano questi ragionamenti così grandi e maravigliosi per le altissime cose in essi contenute, e per un certo modo non usato di favellare, ch'io rimaso da nuovo stupore sopra me stesso innalzato, non ardivo interrompergli, né addomandare Torquato dello spirito, ch'egli additato mi aveva, ed io non vedevo. In questo modo ascoltando io mezzo tra stupefatto ed invaghito, buona pezza quasi senza accorgermene dimorammo, alla fin della quale partendo lo spirito, come intesi delle parole di Torquato, egli a me rivolto: Saranno oggimai, disse, sgombrati i dubbj dalla mente tua. Ed io: Anzi ne sono di nuovo più che mai dubbioso, perciocché molte cose ho udito degne di maraviglia, e niuna veduta ne ho di quelle, che per farmi da i miei dubbj cessare, mi prometteste di mostrarmi. Ed egli sorridendo soggiunse: assai più veduto ed udito hai di quello, che forse. E qui si tacque. Bisogna ben credere, che si fosse altamente fitto nella fantasia del Tasso, ciò che si racconta del genio, o sia dello spirito di Socrate. Nelle sue grandi e gagliarde astrazioni parea al Tasso, gran filosofo anch'esso, di parlar con un altro, ed egli parlava e rispondeva a se stesso. L'astrazione sua faceva, ch'egli sognasse vegliando di mezzo giorno al pari degli addormentati sognanti di mezza notte. Ma non lascia per questo di essere sommamente stravagante e raro un tal fenomeno.

Fin qui abbiamo veduto darsi estasi, o vogliam dire straordinarie astrazioni, originate da cagion naturale. Comune sentenza ancora è, che ce ne son delle sopranaturali, cioè provenienti da interna azione di Dio che rapisce l'anima dalla percezion delle cose esterne, acciocché questa consideri nell'interno quelle verità e notizie, che egli vuol comunicarle. Testimonj di ciò son le vite di varj santi, e massimamente di sante donne, le quali più spesso troviamo, o per dir meglio stimiamo sopranaturalmente rapite in estasi, e illuminate dalla rivelazion di Dio. Che sì fatte estasi, chiamate divine, possano succedere, non si de' avere difficoltà di crederlo. Dio può comunicare anche nella vita presente queste grazie a i suoi buoni servi. Che se ne dieno ancora delle provenienti dal demonio, lascerò che altri lo cerchi, e ne chiarisce ben la verità. I segni indicanti, che le estasi non vengano da Dio, si truovano registrati da varj teologi, dal medico Zacchia, e da altri. Cioè quando i moti di costoro somiglianti sono a quei, che si osservano nel delirio, nell'epilessia, nell'apoplessia, nella frenesia, ed in altri simili morbi, che portano seco urli, storcimenti di volto e di membra, pallidezza, parole disordinate, lamenti, ed altre figure non convenevoli ad una mozione di Dio. Lo stesso è da dire, se ne proviene offuscazion di mente, dimenticanza delle cose passate, o tristezza; e se la persona a talento suo si aliena da i sensi, e ritorna in se stessa, o pure se i suoi depravati costumi l'accusano per immeritevole di quelle grazie, che Dio riserba per gli suoi cari. Tutte queste distinzioni si veggono riferite dall'eminentiss. Lambertini (oggidì BENEDETTO XIV pontefice regnante) che ex professo e magistralmente ne ha trattato nel terzo libro, capitolo quadragesimo nono De servorum Dei beatificatione; e son diligentemente da osservare per non cadere in inganno, con attribuire gli effetti naturali a cagion sopranaturale, e ad un movimento miracoloso della grazia di Dio. Pongasi nulla dimeno l'estasi in persone di somma conosciuta pietà, e senza che v'intervenga alcun di quei segni esterni di deformità o morbosità, che abbiamo accennato: si cerca tuttavia, se s'abbiano a credere naturali, o pur sopranaturali somiglianti astrazioni, e le rivelazioni, che di cose di Dio, e spettanti alla divozione, ci han lasciato molte sante donne, e vergini sommamente pie. Si dee mettere per cosa certa, che tali persone, nelle quali non cade sospetto menomo di bugia o d'impostura, stante la loro vita innocente, piena di virtù, e ardente d'amore di Dio, dicono la verità, allorché narrano quanto è loro avvenuto nell'estasi. Ma perciocché altri non vi ha, che esse, consapevoli di quegli interni ragionamenti, e perciò resta precluso a i saggi estimatori di questi affari l'esaminar precisamente la maniera e il valore de i lor colloquj, e delle immagini, che si presentano loro davanti in quel ritiramento dell'anima: riesce per conseguente troppo difficile l'accettare la qualità di sì fatte astrazioni e rivelazioni, essendo solamente certo, che Dio può in queste sì straordinarie maniere parlare a i suoi buoni servi e rivelar loro cose occulte.

Ma per conoscere, se veramente v'intervenga la mozion di Dio: due soli sicuri segni veggo io. Cioè qualor la piissima persona estatica si vegga in quel frangente rapita ed alzata da terra in alto; perché non potendo ciò procedere dalle forze della natura, né da influsso del demonio in persone di santa vita, dee perciò venire da Dio. O pure che essa nell'estasi apprenda cose contingenti lontane o avvenire, poscia avverate, delle quali sia riserbata la cognizione al solo grande essere, che è presente a tutti i luoghi e tempi. A me fece inarcar le ciglia ciò, che si legge nella vita del venerabil padre Giuseppe da Cupertino, non dirò de i ratti, ma de i voli, ch'egli facea; e ben verificati quei fatti, non si può negar in essi la visibil mano dell'Altissimo, trattandosi di persone di tanta pietà, colle quali il diabolo non ha che fare. Eccettuati questi due casi, il primo dei quali è anche dubbioso presso di alcuni: le altre estasi e le rivelazioni concernenti le cose passate, e i misterj della religione, restano suggette a dubbj; né può l'intelletto guardingo trovar in esse evidenza o certezza; se naturalmente, ovvero per sopranatural cagione succedano. I motivi di dubitare, eccoli. Allorché alcune vergini, o altre anime innamorate di Dio, si danno alla meditazione della vita del divino Salvator nostro, o di altre verità spettanti alla religione, convien supporre, che le medesime han già pieno il capo di quelle sacre dottrine e divote idee, per la continua lettura di libri ascetici, per le prediche udite, e per le lezion lor fatte da uomini dotti e pii: sicché nulla manca di materiali alla lor fantasia e mente per formar lunghi, ingegnosi, od affettuosi colloquj nel loro interno, e per immaginar cose nuove col maneggio delle precedenti idee, deducendo una dall'altra, e figurando le azioni divine, degli angeli, e degli altri beati, quali il lor divoto affetto stima più probabili e convenevoli al suggetto della lor contemplazione. Senza alcun miracolo, senza particolar cooperazione di Dio voglio dire naturalmente, tutto questo può avvenire. Bastante è l'anima piena di sacro affetto colla fantasia ricca di tante idee per sì fatto lavoro: del che possono somministrar qualche esempio gli amanti profani, che fantasticando intorno all'idolo loro, fabbricano varie belle proposte e risposte, e gioiose avventure, come se si trovassero a tu per tu colla persona amata. Essendo poi vivacissima la fantasia delle donne, e massimamente delle giovani, gagliardissimo ancora l'affetto verso Dio e verso i suoi santi delle vergini o donne di straordinaria pietà: a poco a poco sì intente diventano talvolta le lor meditazioni, che l'anima, abbandonato il commerzio co i sensi, tutta si concentra nella contemplazion di quei santi e cari oggetti, nascendone con ciò le loro estasi. Se esse poi tornate in sé, e ricordevoli delle cose meditate, le mettono in carta: ecco ciò, che vien poscia tenuto per rivelazione di Dio, o della madre di Dio, o degli angeli, o de i santi del paradiso. Si forma poi l'abito di tali astrazioni, in maniera che alla vita de i divini misterj, o tornando esse alle consuete meditazioni, facilmente la lor mente assorta si mira in quei pensamenti, sembrando loro di avere realmente, e non immaginariamente, presenti Cristo Signor nostro, di abbracciarlo bambino, di accompagnarlo nella passione, e di fare altre simili azioni. Di gran cose ci dicono qui i mistici. Ma finché non si pruovi concludentemente, che la fantasia non entri in quelle rivelazioni, o non abbia forza l'anima colle immagini della fantasia di formar de i nuovi divoti edificj, sempre si potrà dubitare della qualità di quelle visioni e rivelazioni. Né basterà il dire, che esse visioni sono intellettuali, e senza immagini di cose corporee; da che sappiamo esserci delle sante vergini, che ad un elevato ingegno uniscono un gran sapere nelle materie teologiche; e però possono nelle loro astrazioni formar concetti mentali, e sottilissimi, e massimamente dopo aver appreso da i maestri, o da i libri la tanto sottile mistica teologia. Essendo per conseguente uniformi nel loro massiccio le estasi e visioni, quando non vi sia una caratteristica evidente sopranaturale azione, sempre con ragione dee restar diffidenza, che ciò, che pare opera di Dio, non sia veramente tale; e dubbio, che sia un natural fenomeno delle persone tendenti ardentemente a Dio. Confessano gli stessi mistici, esser qui l'anima sottoposta a non pochi inganni.

Per questo avvertono i teologi, essere ben difficile il poter con franchezza decidere, che l'estasi o visione venga da miracolosa influenza di Dio, o pur dalle forze e dalla disposizion naturale dell'intelletto e della fantasia delle persone assuefatte a fitte meditazioni delle sante cose. Veggasi nel sopracitato luogo quanto vien detto questo dal suddetto eminentissimo Lambertini, e dal cardinal Bona, e da varj altri autori. Nella mia filosofia morale ho anch'io prodotto due esempj di buone persone, che si credevano di trattar in estasi con Dio, quando solamente trattavano colla propria divota fantasia. Nelle Efemeridi germaniche medico fisiche, anno primo, della decuria seconda, si leggono somiglianti casi, e presso altri autori. Riceva qui il lettore quel solo, che non ha molto, cioè nell'anno 1740 scrisse don Tommaso Campailla, celebre filosofo siciliano nel secondo de i suoi Opuscoli filosofici. Ragionando egli al numero vigesimo, di chi rilascia il freno alla sua fantasia, per cui fa cento castelli in aria, vien dicendo: che ciò sovente succede in alcune persone divote visionarie. Queste abituate a contemplar per via d'immagini con fisse composizioni di luogo, come per altro son malinconiche ed infermicce, nel maggior fervore di loro divote contemplazioni, alcuni attuosi effluvj si elevano dalle viscere poco sane, e per via de i nervi dipendenti dal cerebello ascendono ad aggirare i di lui spiriti, i quali sortendo dalle protuberanze orbiculari, per le braccia duretane del fernice nel setto lucido, trasportano tutte le immagini, che truovano nelle fantasia, introducendole nel senso comune. E allora quelle semplici persone deluse, credono di aver delle vere visioni, e delle reali apparizioni di Gesù Cristo, e suoi angeli, e di quei misterj, che stavano contemplando, o di altri fatti da essi dipendenti. E le raccontano poi per vere visioni e rivelazioni; e ciò con tutta sincerità; e benché non intendano ingannare, ingannano, perché s'ingannano. Di qui pertanto nasce quella somma circospezione, con cui procede in Roma nei processi intorno alla beatificazione de i servi di Dio; perché quantunque le estasi e visioni delle persone di straordinaria pietà, concorrendo insieme molte circostanze, sieno indizio di santità: pure non se ne fa ivi gran caso: anzi, come insegna il cardinal di Lauria nell'opuscolo quinto De Oratione, e seco il sopralodato cardinale Lambertini nel luogo poco fa citato, ab Apostolica Sede numquam pro miraculis specialibus approbantur, nisi evidenti aliquo supranaturali signo sint adminiculatae.

In fatti erano una volta in gran voga queste visioni e rivelazioni, e venivano ricevute tutte, come gioje cadute dal cielo. Anzi l'ignoranza di allora facea prestar fede a qualsivoglia sogno divoto delle persone dabbene, e fino alle finzioni ed imposture, delle quali non vi era inopia. Chi legge la storia di quei tempi, ne incontra parecchie, ed ammira la semplicità delle buona gente. Si sono poi aperti gli occhi; e fattone un più severo esame, oggidì simili merci non godono quel passaporto, che una volta loro con troppa facilità si dava. Si è anche veduta la Santa Sede e la Sorbona non approvar quelle di suor Maria di Agreda per varie ragioni, che non occorre mentovare. Io stesso ho conosciuta una verginella, mancata di vita con ben fondato concetto di santità, la quale lasciò bensì dopo di sé un gran fascio di rivelazioni, ma con poca fortuna di esse nel saggio tribunale, che presiede a sì fatti esami. E qui sopra tutto converrebbe considerare, quanto sul fine del prossimo passato secolo, e nel principio del presente, accadde in Francia per conto di Giovanna Maria Bouvieres de la Mothe Guion; la cui morte avvenne nell'anno 1717. La Vita sua da lei medesima scritta, fu stampata in Colonia nel 1720. Piena essa era della mistica teologia; i suoi costumi ed affetti tendevano tutti a Dio, da lui diceva ella di avere ricevuto il dono dell'orazione interiore, e restano non pochi libri divoti, da essa composti. Ora in quella vita essa non appruova le visioni, le estasi, le rivelazioni, siccome cose pericolose e suggette all'illusione. Solamente esalta quel genere di estasi, in cui l'anima è tirata da Dio, astratta affatto dalle cose umane, e assorbita in Dio, come in suo centro. Ed appunto a questa gran felicità diceva ella di essere giunta, con raccontar poscia il beato suo commerzio con Dio. Ma questa donna accusata degli errori del Molinos, e di varie illusioni, provò delle gravi vessazioni dal celebre vescovo di Meaux Bossuet; e dall'arcivescovo di Parigi Harlay; non le mancò la prigionia; e in fine tutte le sue estasi e rivelazioni rimasero screditate e proscritte. Nei tempi barbarici questa facilmente sarebbe stata tenuta per santa; ma non già ne i nostri, che adoperano meglio la pietra del paragone. Un tale esempio dee ben servire a noi per aprir gli occhi, e farci camminar cauti. Il che sia detto, non già per condennare alla rinfusa tutte le apparizioni e rivelazioni, perché se il credere troppo è un eccesso, può essere non meno eccesso il creder nulla.

Primieramente se esse per l'ordinario non compruovano la santità, né pur la pregiudicano. Non mancano altre legittime pruove, che alcun sia santo; e quando anche fossero lavori dell'anima e fantasia divota le estasi di tali persone, convengono esse sempre a chiunque ripone la sua delizia nel pensare a Dio, e nel meditare i suoi misterj. Secondariamente meritano particolare stima i bei sentimenti ed affetti divoti di simili libri, potendo la lettura di essi giovar non poco ad alimentare e ad accrescere la divozion del cristiano. Per questo pregio ancora sopra l'altre sono prezzabili le opere della mirabil serva di Dio Santa Teresa, piene d'ingegno, piene di unzioni. E questa medesima maestra dell'orazione in più luoghi insegnò alle sue religiose, che non son da cercar, né da desiderare i ratti, le visioni, e certe grazie particolari di Dio, riconoscendo anch'ella i molti inganni, che possono intervenire in così fatto esercizio. In terzo luogo, tuttoché manchi per lo più alle rivelazioni de' buoni servi di Dio l'indubitato carattere d'influenze sopranaturali, ciò non ostante temerità sarebbe il vilipenderla, posto sempre che in esse non apparisca una grossolana semplicità o un odore affettato di qualche scuola particolare. Perché non sappiamo, in quante maniere la divinità comunichi le sue grazie e i suoi lumi alle anime de' suoi cari, perciò disdirebbe lo stendere un decreto condennatorio di tutto quanto raccontano le pie persone delle lor visioni. Quello bensì, che dovrebbe religiosamente osservarsi, sarebbe di non portar mai sui pulpiti, né di adoprar per pruove della religione, somiglianti apparizioni e rivelazioni. L'infallibil rivelazione l'abbiamo nelle divine scritture, e molto di questo ancora è stato a noi tramandato colla tradizione de' primi secoli del Cristianesimo, e riconosciuto e confermato da i sacri concilj. Non si dee avvezzare il popolo a tener per fermo ed eguale agl'insegnamenti certissimi della Chiesa di Dio quello, che è incerto, né porta seco l'innegabil sigillo della verità rivelata da Dio, potendo essere unicamente parto delle fantasie divote. Certamente niun bisogno ha di questi dubbiosi appoggi la santa religione, che professiamo; anzi a lei ne può venir più tosto del danno presso i nimici, con figurarsi eglino, che abbia credito presso di noi al pari della divina rivelazione tutto quello, che le sante e pie donne asseriscono rivelato loro da Dio: il che troppo è lontano dalla verità. Bene sarà, che in questo proposito il lettore apprenda ancora ciò, che l'abbate di Fleury lasciò scritto nel tomo vigesimo della Storia ecclesiastica, dove disapprova il prendere per rivelazioni e cose miracolose le meditazioni di alcune per altro sante donne; con aggiungere, essere di qui nata la teologia mistica, professione sottoposta a molti errori ed abusi; e doversi attenere la pietà e divozione cristiana a i documenti infallibili delle divine scritture, e a praticar le virtù, per le quali tanti hanno acquistato con sicurezza il titolo di santi. Certamente chi ha letta la vita di Antonietta Burignon, nata cattolica in Lilla di Fiandra, morta non si sa di qual religione nel 1680 e tanto esaltata dal visionario calvinista Jurieu, e quante rivelazioni ella spacciasse, e quanti libri componesse: dee bene aprir gli occhi in queste materie, e conoscere a quante illusioni sia sottoposta la fantasia divota delle femmine: disgrazia, da cui non sono andati esenti alcuni ancora uomini di rara pietà.

Questi pochi avvertimenti mi piace di chiudere con due altre avventure, acciocché si vegga, di che mirabili sintomi sia capace l'anima e la fantasia umana nelle astrazioni ed alienazioni di mente. Nell'anno quinto della decuria seconda, osservazione centesima vegesima nona delle Efemeridi germaniche, racconta Gian. Lodovico Hannemanno, che nell'anno 1684 una donna maritata ad un colonnello della nobil casa Ranzov, presa da febbre maligna, era, come diciamo, fuori di sé. Ma in quel delirio cantava con voce gagliarda, e insieme con tal dolcezza e garbo alcune canzoni rimate, che esso medico attesta di non aver mai udita più soave melodia. Quello, che parve ancora più maraviglioso, essa componeva quelle canzoni, e dava loro il tuono, senza che si trovassero in libro alcuno. Nel Zodiaco medico gallico al gennajo osservazione prima parimente si legge che una nobil fanciulla per ardentissima febbre venne ad un furioso delirio: cessato questo, rimase senza senso e moto, di modo che fu creduta morta, né si pensò ad altro, che a prepararle il funerale. Ma dopo qualche tempo gittò un sospiro, ed accorsi gli astanti con liquori spiritosi, e con iscaldarla tanto fecero, che ella tornò in se stessa. Non il ringraziò ella punto di questo beneficio, anzi proruppe in lamenti, perché avessero distolta l'anima sua giunta ad uno stato d'inesplicabil tranquillità e felicità, a cui alcuno non può giungere in terra, e che niun gaudio e piacere di questa vita potea paragonarsi al provato da lei. Aggiunse di aver ben sentito coll'orecchio i gemiti de i suoi genitori, e i ragionamenti intorno al suo funerale; ma che questo nulla avea interrotta la sua tranquillità; ed essere stato sì profondamente immerso l'animo suo in quelle delizie, che più non pensava alle cose del mondo, e né pure a conservare il suo corpo. Parlasi ancora di una epilepsia estatica nelle suddette Efemeridi germaniche anno quarto, osservazione ottantesima prima; e di due altre all'anno sesto della decuria seconda, osservazion duecentesima prima, e ducentesima vegesima nona. Il che fa vedere, che né pure in quel sì terribil morbo cessa l'anima di pensare, ancorché ordinariamente gli epileptici non si ricordino di avere allora pensato.

Tutte queste cose rammento io, acciocché si possa considerare, quante inesplicabili azioni si faccino dall'anima e dalla fantasia nel capo nostro per opera della natura, senza che v'intervenga cagion sopranaturale. Però torno a dire essere il partito migliore quello di sospendere il giudizio, ogni volta che c'incontriamo in accidenti straordinarj, perché abbiam tuttavia da imparare, fin dove si stendano le forze dell'anima e della fantasia, e ciò che Dio, quando vuole, operi in noi. Ma ricordiamoci sempre, che l'entusiasmo può essere cosa naturale, e ne abbiamo esempli antichi e moderni tanto negl'infedeli, che negli eretici. Che anche persone buone cattoliche possano cadere naturalmente in simili trasporti di mente e giuochi di fantasia, niuno, credo io, lo negherà, che ben esamini sì fatte materie. Molto ci sarebbe da dire intorno ad esso entusiasmo, il quale più di quel, che crediamo stende le fimbrie sue; ma a me basta di averlo solamente accennato. Certamente che nella contemplazione, o sia nella mistica teologia, la quale esclude tutte le immagini della fantasia, possano intervenir varj perniciosi errori, potrà il lettore impararlo da un'operetta del celebre padre Segneri il vecchio, e da altre dell'insigne vescovo di Meaux, Bossuet. Vi ha eziandio un trattato franzese di autore anonimo, intitolato Le Christianisme Eclairci, e stampato nel 1700 dove con acutezza d'ingegno è maneggiata questa materia, e mostrato, non doversi già con general sentenza riprovare i mistici; ma essere ciò non ostante suggetta a varj pericoli e molti errori la lor professione. Intendo ancora, che nel presente anno 1744 il p. Amort canonico regolare abbia pubblicato in Augusta una sua opera de Apparitionibus, Visionibus, & Revelationibus privatis. Cosa egli scriva, nol so. Finalmente sapendo noi, che l'apostolo san Paolo fu favorito da Dio di sublimi rivelazioni, ma delle quali, dice egli, non licet Homini loqui: si dimanda, come le persone date alla mistica, e che forse anche godono somiglianti favori, credano poi lecito di pubblicarli, quando S. Paolo nol giudicava lecito a se stesso? E ciò basti intorno a questo argomento; lasciando io volentieri ad altri la cura di ben esaminare, e di produrre ragioni sode, perché si truovi più facilmente nel sesso debole, che ne' maschi, la disposizione a sì fatte estasi. Appunto per la sua debolezza, dirà taluno. Dica quel che vuole: che io per me non oso dire di più.

CAPITOLO X

Della forza della fantasia attribuita alla magia.

Chi vuol entrare in un gran bosco, dove è qualche verità, molta semplicità, assaissime imposture, non ha che da leggere, non dirò libri, che trattano di magia, perché questa è merce troppo pericolosa, perniciosa, e dannata; ma libri scritti da persone dotte e dabbene contro la magia appellata nera. Forse alcuni credono troppo poco di questa arte infame, ed avuta in orrore da chiunque è vero cristiano. All'incontro vi ha gran copia di gente, che troppo ne crede, e prende per danaro contante non pochi casi, che si raccontano di streghe, incantatori, fatucchieri, e sono mere favole, o pur fatture ed effetti naturali, che l'incauta o debole fantasia prendeva per operazioni di demonj. Attribuir tanta forza a i diavoli fra i cristiani, da che il divino Salvator nostro soggiogò l'inferno, è un far torto alla santa nostra religione. E pure io ho conosciuto persona timorata di Dio ed esorcista, che quasi ogni malore, e certamente tutti gli straordinarj, alla potenza ed operazion del diavolo attribuiva: però non succede alcuno strano male, o guarigion di mali, operata con inusitati ed improprj mezzi, o altro accidente, di cui non si possa trovare, o non si sappia immaginare cagione alcuna naturale, che non si spacci tosto da certa gente pia per malìe, azioni magiche, o patti taciti col demonio, ancorché non v'intravenga cosa o parola alcuna di sacro. Tutto ciò, che ha dell'insolito, ha secondo essi da essere magico. Il campo è vasto; ma a me basta per cagion di esempio il dir qualche cosa degli spiriti incubi e succubi, creduti capaci non solamente di aver un brutale commercio con uomini, e spezialmente con donne, ma anche di generar degli uomini. Di qui poi prese piedi un'altra opinione, confermata dalle stesse chiamate streghe, cioè, che si dieno conventicole di demonj, dove di notte son trasportate a cavallo da spiriti apparenti in forma di caprone le donne arrolate a quell'infame assemblea, e dove si crede esercitata ogni più nefanda libidine. In Germania il Monte Blokberg, e la Noce di Benevento in Italia, son famosi per tale impostura; e si citano in pruova di ciò assaissimi scrittori ed avvenimenti, col racconto de' quali io non mi sento di sporcar queste carte.

Basterà a i saggi lettori il ricordar qui brevemente, che opinioni sì fatte oggidì sono in tal maniera screditate, che non vi ha più se non la gente rozza, che se le bee con facilità, e le crede, come fa di tante altre vanissime relazioni e fole. I teologi, che più degli altri son buonamente caduti in questa immaginaria supposizione, non recano pruova di alcun peso in questo proposito; e se santo Agostino scrisse, che si potea dare questo esecrando commerzio fra gli spiriti cattivi e gli uomini, confessò di esservi indotto dalla relazione altrui, cioè di persona da lui credute in buona fede. Ma altro ci vuol, che questo a decidere simili punti. Si esige ancora una somma avvertenza critica per non ingannarsi; e in quei relatori si può sospettare, che allignasse colla buona fede la semplicità. A buon conto il Crisostomo prima di santo Agostino dichiarò nell'Omilia vigesima seconda sopra la Genesi, essere una follia il credere, che i demonj carnalmente si uniscano con donne, e che una sostanza incorporea possa prendere corpo per generar de' figliuoli. Lo stesso insegnarono san Filastrio, e Cassiano. Esaminato poi questo affare nel tribunale de i filosofi e de i medici, conchiudono essi, abborrire questo preteso commerzio dalle regole prescritte da Dio per la formazione dell'uomo: né occorre, che io ne rapporti qui le ragioni, quando la sapienza stessa ci può disingannare. Se sussistesse, che i demonj, fossero vaghi di questi nefandi congiungimenti, anche solamente per indurre a peccato i mortali, qual uomo, qual donna sarebbe sicura dalle lor lusinghe e violenze? E pure cercate le intere popolazioni: né per uno, né per una si troverà, a cui il demonio faccia di somiglianti insulti. Perciò esaminato ben l'affare, si scorgerà, che l'impostura, e la favola han fatta nascere tale opinione, e la troppa credulità o semplicità l'ha fomentata ed accresciuta. Giovanni da Nicastro scrittore beneventano fa menzione di questa famosa Noce; ma con assicurarci, che né oggi si fa, né mai nei tempi addietro si fece ivi raunanza alcuna di diavoli e streghe: benché egli troppo buonamente poi si persuada, darsi tali diaboliche diete, ed essere colà a cavallo portate le maliarde. Non han saputo alcune sciocche femmine coprir la sregolata loro incontinenza, che col fingere l'accesso di quegli spiriti dipinti per sì libidinosi, e l'han persuaso a chi spezialmente è portato a credere tutto quel, che porta la livrea di maraviglioso e sopranaturale. Anche Albertino Mussato in una sua tragedia spacciò il crudele Eccelino da Romano per generato dal congiungimento del diavolo con sua madre. Nol credeva già egli; ma ci dovettero ben essere delle buone persone, che ciò giudicarono vero o almen possibile.

Qui nondimeno verrà dicendo taluno: puossi egli negare, che streghe esistano in alcuni paesi, e nominatamente in alcuno della Germania ed Ungheria, le quali confessano apertamente il loro trasporto alle assemblee de' demonj, e la detestabil conversazione con que' lussuriosi spiriti? Ciò non si vuol negare: ma per questo? Ora egli è da sapere, che ne i tempi addietro queste appellate streghe in Germania, se trapelava il loro misfatto, e cadeano in man della giustizia, venivano condotte alla morte, e si bruciavano i corpi di esse. Tre ne stavano nelle carceri di Vienna, e si trattava di dar loro il gastigo prescritto dalle leggi. Vi fu chi avvertì l'imperator Giuseppe della falsa confessione, cioè dell'inganno di quelle miserabili. Il perché egli ordinò, che per alquante notti le guardie a vista le osservassero sempre. Confessarono esse una mattina, che nella precedente notte erano tutte corporalmente intervenute alla diabolica raunanza, cloaca di nefande oscenità. Attestarono all'incontro le guardie di averle osservate in terra e dormienti per tutta la notte, e che di niuna si era mosso il corpo di là. Di più non occorse per ordinare, che queste illuse non più si punissero coll'ultimo supplizio. Che nondimeno esse non abbiano da andare esenti da qualche gastigo, si reputa ben giusto, se non per altro, perché il palesare la lor vita bestiale basta per invogliar altre lor pari ad imitarle. La conclusione dunque si è, che la sola forte fantasia cagione è de i lor creduti notturni viaggi per aria, e de' brutali sfoghi della loro lussuria. Hanno esse inteso da perversi uomini; o da iniquissime femmine le feste, che si fanno al diabolico finto Sabath; ed avendo piena l'immaginazione di quelle false adunanze, sognando par loro di essere trasportate colà, e di trattenervisi in allegria con gl'immaginati spiriti amanti. In una parola, va a finire tutta la loro avventura in uno sporchissimo sogno, figlio della lor laida fantasia. Donne melanconiche, dotate di vigorosa immaginativa, e di feroci spiriti animali, o pur vecchie consumate in tutte le sozzure della libidine, che si ajutano ancora con generosi liquori: che maraviglia è, se dormendo cadono in que' nefandi delirj?

E qui si vuol avvertire, darsi delle malattie epidemiche di fantasia, dalle quali non si sanno guardar molte persone, e quelle spezialmente di temperamento melanconico, perché non può dirsi, a quante stravaganze sia suggetto l'uomo, qualora in lui domini questa affezione e insieme la timidità. Se in un paese niun conosce streghe, e niuno ne parla, potete dire, che elle ne son bandite. Ma se voce ne corre, se una sola si sospetta rea di tanta malignità, e il debole sesso ascolta le relazioni di quel tanto, di cui si spacciano capaci le streghe: eccoti questa opinione dilatarsi e invasarne la fantasia di chi non sa distinguere il vero dal falso, e produrre poscia de i perniciosi effetti. Venga allora un fanciullino ad essere preso dal male Rachitis, chiamato dalle nostre donne dello scimotto, o pure che resti o storpio o guasto da altri malori: non potrete impedire nelle lor madri il fantasma, che quel male, ordinariamente portato dal utero, o cagionato dal latte di qualità cattiva, non sia attribuito a qualche malìa. Si passa a sospettarne colpevole quella tal donna; ed ancorché loro si dica insegnarsi da teologi, filosofi, e medici, che la fantasia nostra non può alterare il corpo altrui; né elle sappiano addurre menoma pruova, che la malignità abbia con polveri, unguenti, o amuleti malefici recato lor danno: tuttavia non si può tor loro di capo, che qualche stregheria sia concorsa ad eccitar un male, che naturalmente è potuto avvenire. Per una di queste malattie epidemiche di fantasia si può contar quella, che in Francia si chiama nover l'Aiguillette, per cui si crede, che magicamente si possa rendere un uomo di potente impotente alle funzioni matrimoniali. Questa opinione cacciata in testa ad alcuni, ed avvalorata dalle burle o minaccie altrui, ha non rade volte cagionato, che pruovino tale impotenza; effetto appunto della forte apprensione, e della paura impressa nella loro immaginazione, e non già della forza del creduto sortilegio. Perché nulla si parla di questo spauracchio in Italia, niuno si ode, che si lagni dei suoi cattivi effetti. Non è, o non è stato così in Francia, dove questa impostura ha trovato credito fra l'incauta gente. Scrive il franzese signor della Montagna di avere animato per quanto poté un suo amico contra di questo ridicolo fantasma per la prima notte del suo matrimonio, riserbandosi, se costui non profittava dei suoi documenti di soccorrerlo in altra maniera. Poté più alle pruove la guasta immaginazione, che ogni opposto consiglio. Allora il suddetto signore gli fece credere di possedere un più efficace rimedio; e fingendo sortilegi, e dandogli un nastro da legare al collo, il mandò così ben provveduto di ardire, che cessò tutto il mal influsso della pretesa Aiguillette. Vedete ora, che burle fa l'immaginazione dell'uomo. Però se troviamo (e si truovano talvolta) uomini inetti agli ufizj matrimoniali verso una determinata persona, ed atti poi verso altre: se ne ha da attribuir la cagione a qualche antipatia o sia vizio della lor fantasia.

Che poi si dieno veri indemoniati, nol può mettere in dubbio, chi crede alle divine scritture, ed ha potuto osservare le azioni di talun di essi, che superano le forze e le regole ordinarie dell'umana potenza.

Ma questa verità si truova mischiata con molti falsi supposti, perché la sola apprension di essa naturalmente può passare in malattia presso la gente credula e timorosa, e sopra tutto presso le donne isteriche, suggette a gravi sconvolgimenti della fantasia. Anche un solo accidental toccamento di persona creduta indemoniata, basta per immaginare, che il diavolo le sia saltato addosso. A me confessò una gran dama, che gravida assistendo alla messa, allorché il sacerdote facea l'elevazione, si sentì internamente come spinta a gridare ed urlare. Dio l'assistì, che non gridò. Ma se arrivava a farlo, chi potea più risparmiarle il titolo d'invasata? Veggasi quanto poco si ricerchi, affinché una donna col tetro fantasma in capo di altre o vere o false indemoniate, vada a far credere anche se stessa occupata dal medesimo male. Perciò la sperienza fa vedere, che dove esorcista non è conosciuto, ivi né pur si conoscano spiritati. Han certamente essi esorcisti il potere da Dio di guarire i veri ossessi; ma hanno anche la disgrazia di farne saltar fuori degl'immaginarj; tante sono le burle, che può fare la fievole fantasia donnesca. In S. Marco di Venezia, e nella Metropolitana di Milano, allorché si mostrano alcune insigni reliquie, si alzano urli, strida, e schiamazzi di donne; ma plebee, credute invasate con torcimenti di corpo, e stralunamenti di occhi. Coperta la reliquia, cessa tutto quel gran rumore, né vi è più gente ossessa. In tante altre città ciò non si osserva: e perché? Perché l'uso non ci è. La fantasia guasta di una donna se ne tira dietro cento altre. Ciò poi, che avvenga alle persone timide, allorché si sparge voce per una città di qualche fantasma visibile; e quello, che spezialmente possa accadere nel bollor di una peste, cioè in tempo, che universale è lo spavento: l'ho io altrove accennato nel Trattato della Peste. Da somiglianti malattie d'immaginazione, ben lo so, possono esimersi solamente le persone animose ed accorte; le quali non si lasciano senza buone ragioni persuadere, ciò che il rozzo popolo è portato a credere con tanta facilità. Tuttavia bene è l'avvertir chichessia di sì fatti disordini, e di consigliar ciascuno ad esaminar meglio, se mai si può il fondamento de i racconti di cose straordinarie, che forse non son che ideali, per risparmiare a se stessi un sognato ma vero male, e seco la perdita della quiete e della sanità. Almen prima di adottar opinioni tormentatrici, e di alloggiar fantasmi sì pericolosi e molesti, chiedere consiglio a i saggi, e a chi può rettamente giudicar delle cose; e credere più ad essi, che alle voci popolari, o alle ciarle ed immaginazioni delle donnicciuole, moneta bene spesso falsa, e sempre dubbiosa. È da vedere in questo proposito un opuscolo di Francesco Bayle medico di Tolosa, il quale per ordine de' magistrati esaminò diligentemente i sintomi di molte femmine, credute offese dal demonio, e ne attribuì la cagione alla lor fantasia lesa, e al temperamento loro isterico, ipocondriaco, epileptico. Nelle Efemeridi dell'Accademia Leopoldina de i Curiosi di Germania all'anno 1712 si legge di una fanciulla epileptica di quindici anni, ignorante, e suggetta a molti sintomi, che componeva all'improvviso versi non dispregievoli, parlava ebraico, greco, latino, franzese, ed altre lingue, a lei ignote; predisse a due persone la morte, e tali altre cose facea, che era da tutti tenuta per ossessa. Il matrimonio fu quel potente rimedio, che la guarì.

Finalmente per premunire l'umana fantasia da somiglianti sconcerti, convien ripetere, mancare ogni fondamento di verità all'opinione di Avicenna, del Pomponazio, di Paracelso; e di altri simili visionarj e perversi filosofi, che attribuiscono tali forze all'immaginazione da potere alterare i corpi altrui, cioè produrre in essi de i morbi. Il contrario han dimostrato il Fieno, il Sennerto ed altri medici, ed anche teologi. Può bensì la fantasia coi suoi gagliardi movimenti, e con irritar le passioni e gli umori, cagionare talvolta nel proprio corpo dei malori, e qualche volta ancora contribuire a vincere alcuni di essi, e a ricuperare la sanità: del che molti esempli si leggono presso i medici. Ma falso è, che possa nuocere al corpo altrui, ed è questa una mera immaginazione, mancante di ragioni e della sperienza. Troppo infelice sarebbe il genere umano, se fosse in mano altrui colla sola volontà e con sole occhiate l'avvelenar chi è sano. Perché col morso i cani, i gatti, ed altri animali, ed anche gli uomini arrabbiati, comunichino il lor veleno ad altri: ne sappiamo additar la ragione; e perché col fiato gli appestati e i tisici possono recar gran danno, ed anche la morte a chi con loro conversa, se ne intenda tosto la cagion fisica. Ma chi non ha un malanno, come mai potrà produrlo in altri? So, che si contano qui non pochi esempli. Bisognerebbe accertarsi, che non fossero dello stesso metallo, che tanti altri raccontati dagli alchimisti, dagli strologhi e da simil sorta d'impostori o visionarj. Ma giacché ho nominato gli appestati, e questo malore passato dall'infelice Messina in Calabria, ha tenuto nei due anni prossimi passati in apprension il resto dell'Italia; chieggo licenza di poter qui aggiungere un'importante particolarità, che mi sfuggì nel trattato suddetto del Governo della Peste. Dissi, creder io, che per gli due soli canali del naso e della bocca, mediante il fiato, si comunichi la pestilenza, ed essere perciò necessario il ben custodir queste due porte, acciochè non passino i micidiali effluvj ad avvelenar chi è sano. Si dee ora avvertire, che gran cura eziandio conviene avere allora della nostra saliva, perché questa può essere il veicolo più facile ad introdurre le particelle pestilenziali per l'esofago nello stomaco, passando poi col chilo nel sangue ad infettarlo. Perciò in vicinanza di appestati non inghiottir mai la saliva, ma sputarla, come fa chi mastica tabacco. Tal precauzione è di gran rilievo per chi ha da conversar con gente infetta, né si ha mai da dimenticare. Del resto più facilmente nelle ville, e fra il grossolano popolo, che nelle città, alligna l'opinion delle maliarde e delle stregherie. Poco vi vuole, perché una povera vecchia benché buona e innocente cristiana, resti denigrata coll'infame titolo di strega. Presso i longobardi fu necessaria una legge per un tale abuso. E basta, che uno muova questa voce, perché si dilati da pertutto, gridando indarno i parrochi per far cessare questi vani ed ingiuriosi rumori. E qui non si vuol tacere, che il signore di santo Andrea nell'anno 1725 stampò in Parigi alcune sue lettere per disingannare il pubblico intorno alla soverchia credulità della forza de i diavoli, degl'incantatori, delle malìe, de i sortilegi, fondata in buona parte sopra false apprensioni, favole, ed imposture. Stabilisce anch'egli, che i creduti maghi e streghe, se nuocono alle persone, ciò eseguiscano con mezzi naturali, senza concorso di demonj, come fan coloro, che adoperano veleni, ed altri ingredienti, atti ad alterare l'altrui sanità, e a cagionargli la morte stessa. Aggiugne di poi, che gli spiriti, i quali esalano dal corpo dell'incantatore nel tempo, ch'egli ha intenzione di far male ad un uomo, trovandosi allora la fantasia piena dell'idea di uccidere, e di vendicarsi, diventano così malvagi e maligni, che passando sul corpo altrui, e penetrando alle parti nobili, possono produrre la morte. Ma si torna a dire, essere questa una mera immaginazione, da mettere con quella de i sognati basilischi; ed essere imprudenza il dar credito a tale opinione, che servirebbe a tutte le persone deboli, e spezialmente alle donne per figurarsi in tanti casi maleficiati i lor figliuoli, o se stesse dal guardo o fiato di persone innocenti. Si troverà forse qualche serpente o drago, i cui spiriti ad esso omogenei, ma contrarj a quel dell'uomo, possano nuocere all'uomo stesso, portati dall'odore o dal fiato. Ma che sì maligni spiriti possano formarsi nell'uomo senza detrimento suo, e capaci solo di recar la morte ad altri, questo non si può, né si dee credere senza chiare e concludenti pruove.

CAPITOLO XI

Delle malattie particolari della fantasia umana, provenienti dalla natura, o da noi stessi create.

Né solamente si danno malattie epidemiche nella nostra fantasia, ma ancora ne troviamo non poche particolari, cioè proprie di alcune determinate persone, che non si comunicano agli altri. Queste o le portiamo dall'utero della madre, o pure a cagion di qualche accidente si formano in noi. Quanto alle prime, cioè alle naturali, niuno ci è, che non abbia o provato in se stesso, ed osservato in altre certe antipatie, senza che chi le ha, sappia addurne ragione alcuna. Un principe de i nostri tempi, che non si sgomentava punto al suono e pericolo delle cannonate, non potea sofferir la vista de i gatti. Ad altri non pochi succede lo stesso, di modo che Arrigo ab Heer nell'osservazione vigesima nona ebbe a scrivere: Qui cattos horrori habent, passim obvii sunt. E truovansi persone, che al mirar tali bestie, anche solamente dipinte, son prese da un gagliardo tremore ed affanno, e talvolta son cadute in deliquio. Conosco io uno dei migliori amici miei, persona dotta e spiritosa, preso da sì gagliarda antipatia a i sorci o topi, che al vederli, e infin morti, si raccapriccia, impallidisce, e sbigottito fugge, con far ridere la gente, che s'incontra a vederlo in quel terribile incontro. Siccome uomo di molto intendimento ha fatto più pruove per vincere se stesso, ma non gli è mai riuscito di superar questa naturale avversione della sua fantasia. Sarebbe da vedere, se mai le madri nella gravidanza fossero state spaventate da qualche accidente di gatti, per cui avessero impresso nel feto quell'abborrimento; o pure se i fanciulli nella lor tenera età qualche danno avessero patito da tali animali, in guisa che fissato quello spiacevol fantasma nella lor fantasia, si risvegliasse poi all'aspetto de i medesimi, e commovesse gli spiriti all'orrore e alla fuga come di cosa nociva. Certamente l'avere talvolta un qualche cibo recato nocumento, basta ad unire coll'idea di quell'oggetto l'idea dell'avversione, che duri per sempre. Ma oltre a ciò si danno antipatie e simpatie, delle quali è affatto ignota l'origine. Vi ha di quelli, che il presentargli avanti de i gambari vivi o cotti, corrono pericolo di sfinimento. Così altri portano un naturale abborrimento al formagio, a certi volatili, e ad altri cibi, al vino, o ad altri liquori. Quello che è poi contrario onninamente alle leggi della natura, si può dire il caso, che raccontano di un per altro savio ufizial militare (se pur è vero) che non potea sofferire l'aspetto delle donne ancorché belle; impallidendo tosto e sudando, se non si ritirava. Supposta la verità del fatto, l'avrei volentieri io interrogato, se mai nell'immaginazione sua si fosse impresso questo universale abborrimento per qualche tradimento, o male a lui fatto da una particolare persona; perché questo solo avrebbe potuto bastare per concertare e guastar la sua fantasia intorno agli altri oggetti della medesima specie. Ma o sia che venga da irregolari ignote produzioni della natura, o da qualche straordinario accidente di forte apprensione l'antipatia; fuor di dubbio è, che la sua sede si dee cercare nella fantasia, la quale muove immediatamente l'animo all'abborrimento: né l'anima ha forza per l'ordinato di reprimere e correggere quel fantasma, siccome abbiam veduto né pure a lei permesso di fare nei fantasmi della pazzia parziale. Sembra nondimeno credibile, che in alcuni casi volendo risolutamente l'uomo vincere qualche sua antipatia, potesse farlo.

Ciò almeno può e suol succedere in alcuni fantasmi tormentatori, che non vengono da naturale inclinazione, ma bensì han principio negli adulti per qualche gagliarda impressione di una idea, che la fissa meditazione dell'anima ha imprudentemente formato, e serve poi a martirizzar l'incauta persona. L'uomo, in cui predomina la malinconia e la timidità, si truova più degli altri esposto ad albergare e conficcar nella sua fantasia cotali molestissime idee; essendo, come altrove abbiamo detto, quel temperamento atto a cagionar delle stravaganti peripezie nel cerebro umano, ed anche un veicolo alla pazzia: colpa principalmente del sangue, e di chi in vece di divertire i neri pensieri, e di cercar oggetti allegri, ritirato nella solitudine, si concentra in se stesso a contemplare ed ingrandire que' sì tetri fantasmi, che poscia con più empito a lui fan guerra. Un'occhiata agli scrupolosi. Son questi mossi da un principio buono, ma da cui talvolta vengono conseguenze cattive. Cioè sono gli scrupoli segno di un'anima, che per lo più ama Iddio, o certamente il teme; e finché essi consistono in una discreta delicatezza per non offendere il Signor nostro (il che è proprio di tutte l'anime buone) son da chiamar molle e ruote molto utili a chiunque aspira al regno eterno di esso Dio. Ma non si ferma qui alle volte l'interno movimento dell'anima scrupolosa, cioè in preservar de' peccati nell'avvenire: va anche dietro a ruminare i già commessi, spezialmente allorché l'incauta e bollente gioventù fece trascorrere in qualche fallo o in molti. La lettura di alcuni libri spirituali, o le declamazioni di qualche sacro oratore, talvolta anche indiscreto, intorno alla giustizia infinita di Dio, e alla difficultà di ben saldare i conti con lui, mercé dell'esatta confessione e del vero pentimento e dolore, eccitano delle idee terribili di Dio giudice, e della gran malizia del peccato. Impresse queste nella fantasia de' malinconici, tornano spesso davanti all'anima. In quella fantasia sta dipinta Iddio, come un fiscale rigorosissimo, e quasi dissi un agozzino, molto pronto al gastigo, poco al perdono. Vi sta anche il ritratto dell'offesa di Dio, quasi un abisso di malizia indegna di perdono, di modo che già si mirano spalancate le porte dell'inferno per ingoiar chi fu una volta peccatore, ma non vorrebbe esserlo più. Però nascono tormenti ad essa anima, ogniqualvolta ella fissa il guardo in sì tetre immagini; e questa forte sua agitazione passa alle volte ad alterare il corpo, e a cagionare morbi, e fino la stessa pazzia. Ho conosciuto femmine, che in occasion di una strepitosa sacra missione son cadute in insania, e si è poi durata fatica a rimetterle in sesto. Ah infelici, che non badono al gran torto, che fanno al sublime nostro padrone Iddio, il più amoroso, il più clemente padrone, che mai possa immaginarsi, il quale conoscendo, qual sia nel presente stato l'uomo, cioè una creatura fallibile e peccabile, ci compatisce, ci sopporta, ed ansiosamente aspetta, che pentiti delle colpe, imploriamo il perdono, per rimetterci in sua grazia, ed abbracciarci quai diletti suoi figli. Lo strepito de' sacri oratori è contro chi giace immerso nei peccati, né vuoi risorgere; e non già contro chi è risorto, & ha detestate le cattive opere sue davanti a i sacri ministri, con sentire in suo cuore un vero desiderio, e una forte risoluzione di star da lì innanzi unito al suo Creatore. Si cancelli dunque dalla fantasia quel brutto ritratto, che l'incauta malinconia ha impresso, e vi ha formato del nostro buon padre celeste; e un altro tutto diverso vi s'imprima con sotto questo titolo: Ecco il Padre della misericordia: che questo è, secondo san Paolo, il nome, di cui principalmente si gloria quel benignissimo signore, a cui serviamo, ed è l'oggetto caro e luminoso della speranza de' cristiani. Sanno o non sanno questi sì cupi macinatori di scrupoli e timori essere una delle più grandi offese, che si possano fare allo stesso Iddio, il disperare della misericordia sua?

Certamente non si può abbastanza ammirare la nobilissima fabbrica dell'uomo, se si medita la struttura artificiosa del suo corpo; e molto più se la sostanza spirituale, che lo anima, ed è cagion di tante scienze, arti, ed azioni sommamente lodevoli. Ma voltate carta. Questo edifizio altrettanto è suggetto ad innumerabili difetti e sconcerti, cioè il corpo a tanti malori, l'anima a tanti errori. Se l'intelletto s'inganna, egli seduce la volontà; se la volontà è guasta dalle passioni, può e suole anch'essa offuscar la luce dell'intelletto e trarlo in errore. E l'uno e l'altra poi concorrono a concepire o ad abbracciare strane e moleste opinioni, imprimendone le idee nella fantasia, le quali non lasciano poi di affliggere l'anima, ogniqualvolta si rammentano. Ma finalmente l'intelletto potrebbe, se la volontà fosse ben risoluta, correggere in gran parte i falsi fantasmi, a i quali ha dato ricetto. Vi ha persone, che al mirare il solo sangue cavato dalle vene o sue o altrui, e molto più all'aspetto di un uomo ferito, son vicine a svenire, e talvolta in fatti svengono. Altri non possono reggere alla vista di un cadavero portato alla sepoltura, di una bara, di una messa da morto. Ho parimente conosciuto un cavaliere di gran merito e saviezza, che al solo udire in una conversazione chi descriveva la giustizia fatta di un omicida, preso da un improvviso sfinimento cadde dalla sedia in terra, tanto fu l'orrore impresso nella sua fantasia. Ma quando si proponesse una persona non pazza di voler francamente sostener la vista di tali oggetti, o sia delle immagini di essi portate alla fantasia, e comandasse alla mente sua di ben riconoscere la vanità di quelle false idee, che rendono più terribile o spiacevole di quel che conviene un oggetto: chi crederà che tal persona non possa vincere quell'orrore, e mirare intrepidamente quello, che tanti altri senza scomporsi han tante volte veduto? E se non otterrà al primo colpo la vittoria intera, potrà sperarla dopo qualche pruova. Io so di una persona, che per aver veduto mozzare il capo ad un reo nella pubblica piazza, fu lungamente perseguitato in sogno da questa immagine, per cui tutto tremante si destava. Apposta per liberarsene, andò trepidamente a mirare un altro somigliante spettacolo, e tra le riflessioni fatte, e il coraggio esercitato, mai più non ne risentì molestia. Erano infami, meritavano di essere vietati i crudeli giuochi de i gladiatori presso i romani; tuttavia si avvezzava la gente a non avere ribrezzo alla vista del sangue, e servivano di noviziato a i soldati. Si ha ben da confessare, che difficilissimo è il potere resistere alla gagliardia di certi altri fantasmi, e il domarli su i principj, come accade a chi la morte rapisce un caro unico figlio, una dilettissima moglie, e così di altri simili majuscoli casi succede. Si truovava allora la fantasia sì piena dell'idea di quel figliuolo, di quella consorte, con tutto l'apparato dell'altre idee congiunte con essa, cioè dei beni, che si godeano, o se ne speravano, perduti; e de i mali immaginati per cagione di tal disgrazia: che quasi sforza la mente a tener fisso il guardo in quella sola, senza che ella sappia esercitar la sua libertà, per pensare ad altre immagini, e ragioni per consolarsi. Son costoro da compatire, né alcun dee meravigliarsi, se in quel gran bisogno a nulla serve il volerli consolare. È troppo, dissi, allora difficile il divertir l'anima dal pensare a quell'oggetto, che la fantasia sì vivamente ed ostinatamente le presenta avanti. Certo chi sapesse allora far questa diversione, risparmierebbe a sé de i grandi affanni. Ciò si fa dopo qualche tempo, cioè dappoiché smontata la forza di quel sì molesto fantasma, luogo resta all'anima di considerar la volontà di Dio, l'inutilità dei lamenti ed affanni per avventure, alle quali rimedio non ci è, ed altre ragioni della filosofia cristiana, o morale, cioè idee contrarie a quelle, che accompagnavano il fantasma, dianzi cotanto tormentatore: in guisa che esso da lì innanzi o non si mira, o se si mira, non cagiona più la provata inquietudine precedente. Per conto poscia di altri fantasmi di minor polso, ma continuati, il non liberarsene, o il non ispogliarli di certi attributi dispiacevoli, o creduti nocivi, per lo più viene non da impotenza, ma da trascuratezza dell'uomo, che non si mette al forte per ben regolare la propria fantasia. Per quanta avversione abbia taluno a qualche determinato cibo, se ha fame il premerà forte, né altro vi sia, con quel cibo molto ben egli farà la pace. Così gl'infermi, pel desiderio di guarire, inghiottono alle volte medicamenti, che sani troppo abborrirebbero, e forse con ragione. Perché dunque non potrà la volontà risoluta di un uomo reprimere e modificare non pochi de i fantasmi o naturali o acquisiti, che la mente può facilmente conoscere non assistiti da ragione alcuna? Il che sempre va inteso, purché la fantasia conservi quella flessibilità, che noi tutto dì proviamo in noi stessi. Cioè apprendiamo varie idee di cose, o le formiamo colla mente nostra, imprimendole poi nel cerebro con gli attributi, o sia coll'altre idee di vere, di belle, o di giovevoli. Non passa molto, che sopravenendo altre migliori ragioni, facciano mutar faccia a tali idee di cose, e ce le torniamo a dipingere nella fantasia con gli attributi di false, brutte, o nocive. Regolarmente il cerebro nostro è disposto a ricevere tutte queste mutazioni d'immagini, qualora la mente ammaestrata da ragioni più vigorose, passa a mutarne gli attributi primieri. Ma perché questa flessibilità non si truova alle volte in certe persone, ancorché si tratti di fantasmi strani, che anche il volgo scorge essere insussistenti e vani: noi diciamo allora, che questi tali son divenuti pazzi, ed essere lesa la lor mente, quando per altro si avrebbe a dire, che questo è un male sopravenuto al cerebro loro, che si è, per così dire, indurito in quella sola parte, e ridotto a non ammettere più alcun cangiamento in un fantasma, che pur tutti gli altri riconoscono per ridicolo, o falso.

CAPITOLO XII

Delle macchie del feto ungano attribuite alla forza della fantasia materna.

Non vi ha paese, in cui non s'incontri qualche fanciullo o fanciulla, nella superficie del cui corpo si osserva qualche macchia, picciola o grande, di color nero, o rosso, o vinato, o giallo. Alcune di queste rialzate sopra la pelle, ed altre con peli. Truovansi ancora fanciulli colle labbra sformate, le quali hanno acquistato presso il popolo il nome di bocca di lepre. Tutte queste irregolarità le portano essi dal ventre della madre; e però tanto negli antichi, che negli ultimi secoli si cercò la cagione di tali macchie, sotto il qual nome vengono ancora i nei, cioè i naevi de i latini; e fu deciso, provenir esse dalla forte immaginazione della madre, la quale nella gravidanza formando un vivo desiderio di qualche frutto o cibo, e toccando qualche parte del suo corpo, ed anche non toccando, vada ad imprimere nel tenero corpicciuolo del feto un segno, o sia la figura della cosa desiderata; il perché comunemente son chiamate voglie delle donne. Giudicarono in oltre, che la sola forte apprensione di qualche esterno oggetto potesse produrre questo medesimo effetto; e dal color di esse presero motivo di credere, che le madri avessero desiderato fragole, pruni, more, ciliegie, e simili frutti, o pure di mangiar carne di lepre, o di gustar qualche vino particolare &c. Tal fu il parere degli antichi, e son citati in questo proposito Ippocrate, Aristotele, Plinio, Sorano, Galeno, santo Agostino, ed altri non pochi. Maggiore di lunga mano è il ruolo de i filosofi e medici degli ultimi secoli, che sostennero la medesima opinione. Lodovico Settala ne fece un trattatello; un secolo fa il Gassendo, e ai dì nostri il padre Malebranche, imbracciarono lo scudo in favore di essa opinione, per tralasciar gli altri autori. Ma chi vuol vedere copiosamente trattata questa materia, non ha che da ricorrere al trattato di Tommaso Fieno De Viribus Imaginationis, che impiega la metà del medesimo in provare, che l'immaginativa della madre gravida può indurre non sol queste, ma altre mutazioni nel feto, adducendo a tal fine moltissimi esempi, e spiegando poi tutti questi fenomeni secondo le dottrine e i supposti della scuola peripatetica.

Altri poi ci sono, che han creduta questa opinione anch'essa un'immaginazione, formata in testa delle persone dotte, per non sapere, in qual'altra maniera spiegare le stravaganti produzioni della natura, con averla poi talmente divulgata, e persuasa al popolo, che non vi ha donna oggidì, che in mirando macchiati i suoi parti, non giudichi ciò provenuto dalla propria fantasia, ancorché per lo più non sappiano assegnar l'occasione e maniera. Di questo sentimento furono Giovanni Costeo, il Vairo, e Tommaso Erasto, citati dal medesimo Fieno; avendo essi creduto non trovarsi questa forza nell'immaginazion delle madri, e che avvenimenti tali fuori dell'ordine della natura, sieno da attribuire a i fortuiti incontri degli umori o di altre cagioni. Altrettanto giudicarono Giovanni Huarte, e il medico romano Zacchia. Anche il signor de la Venette nel suo Tableau de l'Amour mostrò di non essere persuaso di sì fatta opinione. Ultimamente Jacopo Blondel inglese, in una sua Dissertazione fisica, la quale tradotta in franzese fu stampata l'anno 1737 come apparisce dall'estratto fattone nella prima parte del tomo secondo del Giornale de i Letterati di Firenze, impugnò ex professo la volgar credenza, intorno alle credute voglie delle donne. Sforzasi egli di provare, che la sperienza è contraria alla comune opinione; che la ragione e la notomia non si possono accordar con essa. Deride due esempi recati dal padre Malebranche. Osserva trovarsi tali deformità e macchie, senza che le abbia precedute alcuna immaginazione; e che tante donne gravide vanno immaginando oggetti o grati o ingrati, e desiderano varie cose; e pure l'immaginazion loro non ne imprime carattere alcuno nel feto; ed essere sì pochi e rari questi accidenti, che non può rigettarsene la colpa nella fantasia materna; perché se tal forza fosse nell'immaginazione, noi ne vedremmo più frequenti di lunga mano gli esempi.

Intorno a questa sì scura e controversa materia tali non sono le mie forze e lumi, ch'io osi di profferire sentenze alcuna. Forse anche niuno potrà mai giungere a determinar con certezza, onde procedano tante straordinarie deformità, che rarissime volte bensì, ma pure talvolta si osservano ne i feti umani, consistenti non solamente nelle macchie suddette, ma in quelle ancora, che si chiamano mostri. Non ci è occhio anatomico, a cui sia permesso di squitiniare tutti i segreti interni della macchina corporea, allorché sta unita coll'anima, ed è in moto, e gli spiriti scorrono per gli nervi e per gli fluidi. Questi medesimi spiriti, che pure ogni saggio ammette, fuggirebbono al guardo nostro, quando anche si dessero finestre, per le quali si potessero mirar le operazioni interne della mirabil fabbrica del nostro corpo; e circa i movimenti di tante ruote del corpo medesimo noi troviamo parecchi insuperabili arcani. Possiamo immaginare di nostra testa, come sieno; ma convien confessare in fine l'ignoranza propria, per ammirar poi l'indubitato sapientissimo architetto di tante cose che non sappiam ben comprendere e spiegare, benché assicurati della loro esistenza. Son io persuaso, che in propositi di tali macchie abbiano voga molte false immaginazioni, danno la gente sì facilmente a macchie il nome di fragole, e di altri frutti, o pur di salame, di vino, e così di altre cose. Contuttociò se non possono gl'immaginazionisti provar concludentemente la loro opinione, forse né pur può evidentemente atterrarla, chi è di parere contrario. Siccome il giornalista fiorentino ha avvertito, si è troppo avanzato il signor Blondel col pretendere, che non si dia comunicazione del sangue materno col feto. Questa non si può negare per le osservazioni fatte da valenti medici. Vena si osserva, arterie si truovano, che passano pel cordone umbilicale. E questo medesimo cordone è da vedere, se partecipi della qualità dei nervi. Non si può mettere in dubbio, che la fantasia di molte persone abbia in varj casi di gagliarda apprensione, di terrore, di forte desiderio, la forza di alterare il corpo loro proprio, con produrre delle antipatie, de i morbi, ed anche con restituire la sanità. Di ciò abbiamo assaissimi innegabili esempi. Molto più può la fantasia delle donne per la sua vivacità, e per altre cagioni. Data dunque la comunicazione del sangue della madre col corpo del feto, ed avendo qualche caso fatto conoscere, che i vajuoli della madre passano alle volte in esso feto, non è impossibile, anzi né pure inverisimile, che gli spiriti mossi dalla materna fantasia, vadano talvolta ad imprimere in quella delicatissima macchia un segno della sua apprensione, paura, o desiderio. Un solo esempio ben verificato, che si potesse addurre della comunicazion delle passioni della madre nel feto, basterebbe a darla vinta a i chiamati immaginazionisti; perché ciò, che succede una volta, può succedere altre volte, e in altre persone.

A nulla serve il dire, che se fosse vera questa pretesa forza dell'immaginazione materna, se ne vedrebbero più frequenti gli effetti; e che tante madri desiderando, o in caso di paura, non ne portano il carattere al loro feto: imperciocché anche di rado accade, che l'immaginazione alteri il corpo proprio delle persone, ciò succedendo solamente in quelle, che hanno una particolar disposizione, e maggior forza nella lor fantasia. Che poi la ragione ci manchi per ispiegar la supposta comunicazione della fantasia materna col feto, né pur questo chiaramente si pruova. Quando si ammettano gli spiriti animali per cagioni o strumenti di tante cose, che succedono nell'interno dell'uomo, abbiamo un lume verisimile per intendere del pari come passi dalla forte immaginazione della madre per mezzo dei medesimi un'impressione nel feto. Chi sa dire, come questi spiriti portino al cerebro nostro le idee delle figure, dei colori, de i suoni, degli odori, e sapori? E pure noi crediamo, che le portino. Così possiam figurarci, che gli stessi spiriti vadano ad imprimere certe configurazioni ne i tenerissimi corpicciuoli, co' quali sì gran comunicazione hanno il sangue e i nervi della madre, ancorché non s'intenda la maniera, con cui tali configurazioni sieno portate dagli spiriti animali. Similmente non basta, che il signor Blondel abbia mostrato non potersi prestar fede a i due esempi allegati dal padre Malebranche. Bisognerebbe atterrar tutti gli altri, che in questo proposito sono addotti da varj autori, cioè dal Fieno, dal Sennerto, da Tommaso Bartolino, dallo Schenchio, da Pietro da Castro, da Teodoro Kerckringio, dal Salmeth, e da molti altri. Racconta esso Sennerto di aver conosciuta una femmina, che per aver veduto un beccajo spaccar per mezzo una testa di porco, partorì un figlio, in cui la parte superiore del palato colla mascella superiore fino alle narici era divisa. Nelle Efemeridi germaniche si leggono non pochi di questi casi. Noi siam dispensati dal crederli tutti originati dall'immaginazion delle madri. Pure alcuno ve ne ha, che sembra ben preciso. Prendiamone uno nell'appendice dell'anno sesto, decuria seconda, osservazion cinquantesimaquarta. Col cibo dato alle oche della casa del colonnello, o pur generale di Usslau, fu mischiata da un insolente ragazzo semente di hyoscyamo e di cicuta. Cominciarono quegli animali ad impazzire, a fare un gran strepito, e a furiosamente combattere fra loro. Accorse al rumore una fantesca gravida per quetare quel tumulto. Ma che? Un ocone maschio col piè destro alzato, e con grandi strida si alza al volo contra di lei. Con una pertica, che ella avea in mano, gli diede una bastonata in quella gamba, per cui ne restò zoppo. La sofferta paura, e il danno cagionato a quella bestia, le durarono fitti nella fantasia; e poscia partorì un fanciullo, il cui destro piede era veramente di oca. Se il caso è vero, non si potrà mai attribuire, se non alla fantasia della madre un sì fatto fenomeno.

Nella decuria seconda suddetta è anche scritto, che dormendo in letto in tempo di state una donna gravida senza coprirsi, un gambero sortendo da un vaso riposto sotto il letto, andò ad attaccarlese ad una mammella. Svegliata la donna, ed alzate le grida al cielo, accorse la serva, e la tolse via quell'indiscreta bestiuola. Partorì essa dipoi una fanciulla, portante una vera ed esatta figura di gambero nella mammella, e che ebbe sempre un'incredibile antipatia a tutti i gamberi vivi o cotti. Quando ancor questo accidente fosse vero, e non potesse farne dubitare quel salire del gambero sul letto: non si potrebbe già cercarne la cagione, se non nell'immaginazione materna. Così nel marzo del Zodiaco medico-gallico, osservazione duodecima, per testimonianza del Riveto chirurgo regio, nacque un fanciullo mostruoso senza coscie e gambe, e colla coda di scorpione. Quel feto certamente non avea veduto scorpioni; poté ben vederli la madre; e pare, che la sorte apprensiva di quel bruto e pericoloso oggetto potesse disordinare la tenera macchina di quella creatura. Meritano ancora attenzione due esempi, rapportati da Martino del Rio nel libro primo, capitolo terzo, quistione terza, e succeduto in persone sue parenti: del che era egli buon testimonio. Altri due ne riferisce Monsieur Peu nel trattato de la Pratique des Accouchemens da lui veduti. Ma io li tralascio, per venire in fine dicendo, che prima di conchiudere contro l'opinione di tanti antichi e moderni scrittori, tutti concordi in riconoscere la forza dell'immaginazione in alcune donne gravide: converrebbe accertarsi, che fossero favole tutti i casi, rapportati in questo proposito. Similmente si avrebbe a provare, non aver fondamento l'opinione di chi crede, che possa l'immaginazion de i pavoni, delle pecore, de i cani, e di altre bestie, mutare ne i lor feti il colore. Siccome ancora bisognerebbe assicurarci, che in alcune donne bianche di gagliarda apprensione niuno effetto potesse produrre la vista di un moro. In una corte, dov'era un moro, una di queste partorì un figliuolo colle sole parti della generazione di colore moresco. Ne fu attribuita, non so se con cagione, la colpa all'aver ella vivamente immaginata, o forse anche provata la forza di quelle parti nel moro suddetto. Però sembra più sano consiglio il sospendere il nostro giudizio intorno a questo fenomeno, finché, se è possibile, arrivi qualche saggio filosofo a penetrare in queste arcane operazioni della natura colla sperienza e coll'accurata osservazione. Può accadere un tal caso così averato e preciso in un feto umano, o animalesco, che non si possa rifonderne l'alterazione o mutazione fuori dell'ordine della natura, che all'immaginazion troppo viva, e all'influenza degli spiriti animali della madre. All'incontro si potranno ben addurre delle forti ragioni per escludere l'opinione degl'immaginazionisti, ma verisimilmente niuna mai sarà di tal polso, che ad evidenza ci convinca della sua falsità.

CAPITOLO XIII

Della maniera, con cui i fantasmi giornalieri possono turbar l'anima, e sconvolgere la ragione.

Siccome abbiam detto più volte, la mirabil fabbrica dell'uomo è una sommamente ingegnosa ordinanza e connession di ruote, che non potea mai formarsi se non da un architetto d'inesplicabil potere e sapere. Tutte queste ruote hanno la lor forza particolare. L'anima ragionevole (poiché l'ammettere nell'uomo anche un'anima sensitiva distinta dall'altra non sembra assai tollerabile pretension) l'anima, dico, o sia lo spirito indivisibile, intelligente, immortale, è la principal ruota, che ha vigore attivo e principesco per muovere con un sol cenno la materia organizzata del corpo ad assaissimi quotidiani ed azioni, avvegnaché finora lo sforzo de' filosofi non sia giunto a riconoscerne la maniera. Essa anima ancora abbiam veduto, che muove a suo piacere la fantasia, cioè le immagini esistenti in essa, formandone le meditazioni e i ragionamenti suoi. I nervi, i muscoli, i tendini, le fibre, esercitano anch'essi la lor forza per eseguire i comandamenti dell'anima. Né minore è la forza degli umori e de' fluidi d'esso corpo, e principalmente del sangue, essendosi già osservato, che non rade volte mettono in moto le fibre del cerebro, e la stessa fantasia. Qui a me solamente occorre di richiamar di nuovo alla considerazione nostra essa fantasia; perché abbiamo bensì osservata in varj fenomeni la forza sua, ma non già in tutta la sua estensione. La materia per se stessa non è che una sostanza passiva, e priva di moto; ma se ella è messa in movimento, riceve quella forza, che han tutti i corpi, capaci allora, che son mossi, di muovere altri corpi di minor resistenza. Però in essa fantasia si truovano forze impulsive, atte a commuovere non solo il corpo, ma anche l'anima, fino a predominarla, se quella non istà ben cauta, con trarla ancora ad azioni sconvenevoli ad uno spirito dotato di ragione. Andiamo a vederlo.

Due sorte d'idee, siccome abbiam detto, si vanno a scrivere nella nostra fantasia, cioè quelle degli oggetti fisici, e quelle degl'intellettuali. Le prime ci rappresentano tutto ciò, che di materiale apprendiamo per via de' sensi; le seconde tutto quello, che non cade sotto i sensi, ed è o formato o riconosciuto dalla contemplazione dell'intelletto, come gli assiomi, gli universali, le relazioni, le opinioni, e tutte le nozioni metafisiche, matematiche, e morali. Noi cominciamo ad osservar la forza di tali idee negli stessi fanciullini, perché non tardano a sentire ciò, che reca loro piacere e dispiacere, per appetir l'uno, ed abborrir l'altro. I cibi son quei primi, de' quali è portata l'impression alla lor fantasia, come del latte, e susseguentemente di cibi più sodi. Questa idea del latte, accompagnata dall'attributo di essere cosa che piace, se vien commossa dalla fame, o dall'aspetto della madre lattante, commuove tosto l'anima ad appetire, e cercare con ansietà e grida quel cibo. Divenuti più grandicelli, un frutto da essi mirato mette la lor anima in ismanie per ottenerlo. Crescendo poi l'età, e crescendo anche le cognizioni dell'anima nostra, parrebbe, che questa acquistasse maggior autorità sopra la fantasia per comandarle sempre e resistere in ogni tempo a gli empiti delle immagini sue; e così dovrebbe essere; ma ne i più degli uomini non è già così. L'appostolo ci fece già sapere un combattimento interno fra lo spirito e la carne con dire, che abbiamo un'altra legge nelle nostre membra, la quale ripugna alla legge della nostra mente. Aggiunse ancora, che la carne concupisce contro lo spirito: che il corpo aggrava l'anima: dal che presso i teologi venne il celebre e citato nome della concupiscenza. Mi sia lecito il dire, che l'appostolo avvezzo a valersi di graziose metafore, anche ivi metaforicamente usa il vocabolo di concupire, cioè di desiderare con ardenza; perciocché la carne, cioè il corpo, per essere materia, non è capace di formar desiderj. Però la fantasia altro non è a mio credere, che il mantice della concupiscenza, perché ad essa muove l'anima colla forza impulsiva delle immagini sue, la quale se non è raffrenata dal maggiore potere dell'anima (e questa assistita dalla grazia di Dio può farlo, se vuole) conduce l'anima stessa ad operar cose indecenti alla sua dignità. Vero è, che gli umori dal nostro corpo noi li proviamo secondo la lor varietà incitanti alla libidine, all'ira, alla malinconia. Ma il movimento d'essi o viene dalla stessa fantasia, o pure va a terminare in essa fantasia. Cioè o qualche immagine ivi impressa commuove essi umori, ovvero svegliano essi umori co i loro spiriti qualche immagine della medesima fantasia, la quale appresa o considerata dall'anima, la trae a pensieri o voleri di lussuria, di collera, di tristezza, e simili.

Che nella nostra fantasia s'imprimano idee semplici & indifferenti, cioè, che non producono piacere o dispiacere, mirate che sieno dall'anima nostra; lo proviamo tutto dì. Per lo più nondimeno a chi ben vi riflette, con essa sta unita qualche specie, o attributo capace di produrre più o men di utilità o danno, di piacere o dispiacere nell'anima, e di eccitar in essa qualche passione o di amore o d'odio, di timore o di speranza, e simili. Che questo carattere vi sia impresso con subitanea o matura riflessione della nostra mente, la qual tosto scorge essere quell'oggetto in qualche maniera o dilettevole, o utile, o bello, o curioso, o strano &c. o pure l'opposto: sembra più conforme alla ragione, perché abbiamo detto non potersi attribuire alla fantasia virtù alcuna conoscitiva o appetitiva. Secondo le apparenze è vero, che coll'idea delle cose esterne passano alla fantasia talvolta unitamente i contrasegni d'essere grato o ingrato, utile o nocivo, e così discorrendo. La vista d'una serpe, di una fiera slegata e simili, si potrebbe dire, che portasse seco l'abborrimento e il terrore nella fantasia; e per lo contrario molte cose belle ed amabili vi portassero il piacere. Così un meccanico natural movimento, e non una riflession della mente, sembra l'inclinazione e simpatia del maschio verso la femmina, e della femmina verso il maschio, allorché son giunti ad una competente età. Non è da molti accettata l'attrazione fra i corpi del Newton in vece della gravitazione; ma che si dia fra i due diversi sessi una qualche naturale attrazione, si potrebbe non senza fondamento immaginare, che ben regolata dalla ragione e da' precetti della religione si converte in beneficio dell'umana natura. Contuttociò più probabile o certo è, procedere questa creduta simpatia da un pronto raziocinio della mente, la quale giudica, se l'oggetto, rappresentato dall'idea, è vero o falso, bello o brutto, giovevole o nocivo, amabile o sprezzabile, e così d'altre simili idee astratte metafisiche, o morali, le quali essa unisce dipoi in maniera a noi incognita con quella idea, che è il loro suggetto. Ora quanto più la mente nostra, prendendo la direzione dall'amore di noi stessi, cioè dal primo principio intrinseco, o sia dal primo mobile delle nostre azioni morali, osserva, quali sieno le cose, che possano conferire al nostro bene, o divenire a noi cagione di male, nascendo da tal riflessione qualche passione; tanto più vivacemente essa imprime nella fantasia queste sue idee, per rallegrarsi e godere, se può, del bene, e per suggerire il contrario. Ordinariamente la sola impressione di una idea o dilettevole o spiacevole non cagiona tal vivacità e forza, che possa rapire a sé i guardi dell'anima quasi sforzandola. Si ricerca in oltre, che sia ripetuta e ricalcata, e che a quella idea se ne sieno aggregate moltissime altre o dipendenti da essa, o relative alla medesima, che dieno moto a qualche vigorosa passione; di modo che tutte queste idee unite empiano, per nostro modo d'intendere un largo campo della fantasia. Allora, siccome un gran palazzo attrae più a sé l'occhio, che le basse case; così l'occhio interno dell'anima si sente tirato a contemplare quel fantasma, ampliato da tanti altri seco uniti.

Entriamo un poco nella fantasia d'un amante profano. Osservate ivi impressa l'idea dell'oggetto, ch'egli va vagheggiando in lontananza, quando non può avere il contento dell'originale presente. A questo oggetto poi ivi dipinto fan corteggio moltissime altre idee, delle quali se bramaste informazione, dimandatela a messer Francesco Petrarca, e ad altri poeti, che sono, o fingono d'essere innamorati. Essi han trovato mille bellezze in quegli occhi, altrettante dolcezze in quel parlare, una mirabil leggiadria nel riso, ne' gesti, nell'andare. I diletti, ch'essi si figurano di avere a godere, se potran giungere al possesso di questa da loro spropositamente appellata divina bellezza, han da essere inesplicabili. Tali meditazioni, ed altre innumerabili, hanno essi fatto sopra quell'idolo; e tutte queste idee si sono aggiunte alla primaria, di modo che la lor fantasia ne è principalmente ripiena; e tutte queste son dilettevoli per lo più, da esse perciò risultando movimenti di passioni, cioè di amore, di desiderio, di speranza, di gaudio. Ve n'entrano poi anche delle disgustose, come son le gelosie, i timori, ed altre pene de' folli martiri del mondo. Ma queste ancora aumentano quell'apparato d'idee, ciascuna coerente alla principale suddetta. Che maraviglia è dunque, se alla mente di questo mondano amante si affaccia sì spesso un fantasma corteggiato da tanti altri, e per così dir dominante nella fantasia? Quando egli si truova in mezzo agli affari, quando va per orare in chiesa, quando è a tavola, in una parola dapertutto, questo orgoglioso e dilettevol fantasma comparisce davanti all'anima; e s'ella il caccia, poco sta a ritornare in campo; e sin quando egli dorme, il più delle volte i sogni vanno a terminare in qualche avventura appartenente a quell'idolo stesso. Voltate carta. Un tale ha ricevuto un affronto da un suo pari, o pur sa, che colui è dietro a scavalcarlo dal possesso di qualche onorevol posto, o che gli ha usato un tradimento. In somma il riguarda come un suo nemico. Questa dispiacevole idea si fissa nel cerebro suo, né già ella sola. L'odio, lo spirito maligno della vendetta, l'ira, ed altre riflessioni a poco a poco formano una folla d'altre idee, tutte concernenti l'abborrito nemico, e tutte formanti nella fantasia un grosso squadrone, che ha forza di muovere l'anima, anche quando essa non vorrebbe, a mirarlo, a pensarvi. Non è da meno di questi tali una persona ardentemente innamorata di Dio, e avvezza a meditare. Leggiamo dei santi, che in mezzo ai rumori del mondo, e ai più dilettevoli oggetti della terra, non poteano trattenere il lor pensiero, che non vagheggiasse quell'idea nobilissima ed amatissima, ch'essi portavano, per parlare col popolo, scolpita in cuore, voglio dire altamente impressa nella lor fantasia, con tante belle, divote, e vere nozioni, tutte concatenate con essa. Sembra alla gente dozzinale, che il suo pensiero vada a trovar l'amico, la casa, il podere, che son lontani; ma altro viaggio non fa il pensiero, cioè il moto dell'anima, che di mirare i fantasmi presenti di que' lontani oggetti, perché scritti nella fantasia.

Ecco dunque come questa potenza arriva ad esercitarla sua forza sopra la mente, rallegrandola con gli oggetti piacenti, e turbandola ed affligendola con i dispiacenti. Qui nondimeno non è finita la festa. Le passioni si possono chiamar modificazioni e movimenti dell'anima nostra, la quale formati che gli ha, ne imprime in certa guisa le traccie o idee nella fantasia, coerentemente a quella, che è interesse suo di meditarla, perché di bene o di male a lei spettante. Come ciò si faccia, nol so dire; ma che si faccia, pare, che non sia da dubitarne. Possiamo immaginare, che sì fatte passionate idee s'imprimano più forte, più profondamente o con più estensione nel cerebro: ferita, che a poco a poco suol poi venire saldata dal tempo. Qualunque volta dunque, siccome abbiam detto, quella principale idea si fa vedere all'anima, per lo più, se non sempre, risveglia in lei quelle stesse passioni o gustose o disgustose, con cui nacque e crebbe, ed eccita gli appetiti innati nell'uomo, cioè i desiderj corrispondenti a quelle passioni. Affezioni poi sì poderose, ove non sieno raffrenate e moderate, ognun sa, a quanti precipizj possano trarre l'anima nostra, cioè a quanti vizj e peccati, ovvero tenerla immersa in essi, senza trovar la via di risorgere. Avrete conosciuto uomini perduti nell'amore o amorazzo di qualche loro amica. Immagina talvolta la buona gente, che costoro non se ne possano distogliere per qualche malìa, che gli abbia affascinati. A niun'altra cagione si dee attribuire questo sì forte lor legamento, che all'idea di quell'oggetto, circondata da tutte l'altre idee di piaceri (forse anche illeciti) che da essa ridondano, parendo a costui, che la maggior sua felicità sia riposta in quella amicizia, e che ne morrebbe di spasimo, ove se ne volesse troncare il filo. Lo stesso avviene agli abituati nell'amore soverchio del vino, del giuoco, della gola, e simili. Così la dominante idea del guadagno torna spesso davanti all'anima del mercatante, e del non mercatante, e molto più dell'avaro, per tacer altri esempi. Dall'aspetto di così poderosi fantasmi agitata poi l'anima, sente un'impulso interno ad operar quello, che si accorda con essi, lodevole o biasimevol che sia. Tale è quest'urto ed impressione, che fa il dominante fantasma nell'anima; che quantunque a noi non possa levare la libertà dell'arbitrio essenziale all'uomo, e non manchino ajuti sopranaturali al cristiano; pure essa anima turbata o non fa l'esame convenevole delle cose per eleggere l'onesto, e schivare il vizio; ed ancorché la mente le rappresenti le ragioni di non operare secondo quell'oggetto, pure si lascia trasportare ad azioni discordi dalla retta ragione, e conforme ad esso seduttore fantasma. Quella medesima agitazione e molestia, ingenerante nell'anima un forte desiderio delle cose, la quale dicemmo provarsi da un fanciullo all'aspetto d'un frutto o cibo a lui caro, la pruova anche l'adulto goloso al ricordarsi d'una vivanda, assaggiata da lui ben saporita, e più al vederla, o pure all'udir la descrizione d'un lauto convito. Così avviene di tante altre idee, che han preso possesso nella nostra fantasia, e al nostro dispetto si presentano alla mente, e cagionano tante nostre distrazioni, e spesse volte fan peggio. Si può loro resistere; ma per nostra disavventura e colpa insieme sovente non si resiste. L'anima per levarsi d'attorno quel molesto pizzicore, facilmente allora s'abbandona, cedendo a questi malnati fantasmi, de' quali purtroppo abbonda la corrotta natura nostra, e noi ne proviamo sì spesso gl'insulti. E chi coll'abito gli ha fortificati, e renduti quasi indomiti, maggior difficultà pruova, che gli altri a impedirne l'accesso, e a sostenerne gli assalti.

CAPITOLO XIV

De gl'idoli cari della fantasia.

Fra le umane miserie ci è ancor questa, che, quasicché mancassero guai ed affanni veri a chi soggiorna sulla terra, scioccamente ne fabbrichiamo non pochi noi stessi con formar idee false, e adottar senza esame alcuno opinioni fondate sulla vana immaginazione altrui, ed anche sull'impostura, che poi impresse nella nostra fantasia servono a tormentarci al pari de i mali non finiti. Troviamo, chi presta fede a gli strologhi; bada a gli augurj; fa caso de i sogni; immagina larve, folletti, stregherie; non si attenta in certi giorni a far viaggio; paventa qualche disgrazia dall'urlare di un cane, o dal notturno gridar d'una civetta; crede alcuni santi vendicativi, se non solennizza la lor festa, benché non comandata dalla Chiesa; s'inquieta se ad un convito tredici sieno i commensali, se il sale a caso si rovescia sulla mensa, e così discorrendo. Da queste false disgustose idee passiamo alle opposte, cioè a quelle, che sono atte a dilettarci, e dalle quali suol anch'essere ben fornito il magazzino della nostra fantasia. Di queste ve ne ha non poche vere; ma non ne mancano delle false; e queste ultime ancora a noi possono recar piacere. Sì fatte immagini dilettevoli sia lecito a me il chiamarle idoli della fantasia, perché ce li teniam ben cari, li veneriamo, e non abbiam piacere, che alcun tenti di levarceli di capo. Fra le persone nobili figuratevene una (e certo più d'una se ne troverà) che forma colle replicate sue riflessioni una ben vantaggiosa idea della sua nobiltà, e le dà un buon posto nella sua fantasia. Per lui quella è un caro idolo. Volta non ci è, ch'egli non se ne ricordi, cioè, ch'ei miri questo adorato fantasma, che non se ne rallegri, e non se ne paoneggi, con riguardare se stesso come superiore di grado non al solo popolo, ma anche a tanti altri, che si chiamano nobili. A fabbricar questa sì graziosa idea saran forse concorse molte favole, molti vani supposti, e le adulazioni troppo una volta familiari a i genealogisti. Non importa; ancor queste han da passare per verità contanti; e chi si arrischiasse a parlarne diversamente, il men che gli potesse avvenire, sarebbe da tirarsi addosso l'odio di lui. Per conto delle idee dispiacevoli niuno ci è ordinariamente, che non goda d'essere disingannato, e non ami chi l'ajuta a correggerle o deporle. Ma trattandosi d'idee dilettevoli, tuttoché false, pochi son coloro, che restino tenuti a chi cerca di abbattere que' lor cari castelli, fabbricati non di rado nel solo vasto paese dell'aria. E non già da dire per quello, che la nobiltà, purché fondata su vere pruove, sia non altro che una chimera. Essa è, convien confessarla, un'idea intellettuale, a cui non manca buon fondamento di ragione, ed ha il suo pregio e la sua utilità. Il male è, che per magnificar questa idea se ne fabbricano dell'altre, e a quella s'uniscono: come sarebbe l'immaginare, che col sangue passino le virtù de' maggiori ne' discendenti; che il nobile anche senza virtù, ed anche con visibili vizj, abbia da riscuotere da ognuno quella stima, ch'ebbero li suoi gloriosi e virtuosi antenati; e che la nobiltà niun pregiudizio debba risentire dall'esercizio d'ufizj vili, e da una povertà, che conduca l'uomo a far delle male azioni; e in fine che sia lecito al nobile, il soperchiar l'ignobile, l'andare tronfio e pien di vanità e di fasto, e lo sprezzar chiunque non ha nelle vene un sangue pari al suo: che certo vi dee essere gran differenza fra l'un sangue e l'altro. Tutte queste vane idee congiunte con quella della nobiltà, e impresse nella fantasia, formano una tal maestosa idea, e sì cara ad alcuni, che qualunque volta la mirano, non possono di meno di non riguardar se stessi come sommamente privilegiati dalla fortuna, o sia dalla superiore provvidenza del cielo.

Ma qui è da avvertire, che il nostro amor proprio, se non istiam bene in guardia, è un ingegnoso architetto di somiglianti idee, sregolate bensì, ma da noi con gelosia conservate, & idoli da noi sommamente venerati. L'idolo principale e più caro è quello di noi stessi, dipinto per lo più nella nostra fantasia con colori vivissimi e vantaggiosi, il quale ci sta sempre davanti, e per cagione di cui abbiamo una gran stima di noi stessi, e sembra a noi, che non minore l'abbiano anche da avere gli altri. Allorché l'anima nostra si specchia in questa idea, rappresentante l'oggetto io, che pure da lei fu formata, truova per lo più in essa più ingegno, più sapere, più merito, più bontà, di quel che porta la verità, e così discorrendo degli altri lodevoli attributi, che possono convenire ad una determinata persona; anzi spesso vi truova quello, che mai non vi fu. All'incontro non suole ivi l'anima discernere attributi svantaggiosi, né mancamenti: così ben sa dipingere l'amor nostro col suo adulator pennello noi a noi stessi. Viene uno, e si mette a farci conoscere, che abbiamo operato in quella tal congiuntura; che c'inganniamo in quell'altra, e che la sentenza da noi tenuta in un consulto, in un libro, in un affare, è falsa e dannosa.

Allora diam nelle smanie, perché costui ci niega quell'ingegno, e quella avvedutezza, che noi pure miriamo concatenata coll'idea di noi medesimi. Non possiam sofferire chi vuol guastare e correggere un idolo a noi sì caro, e ridurre quel ritratto più somigliante al vero, con farci scorgere, falso essere, che abbiam tanta penetrazione di mente, tanta letteratura, come ci siam figurati, perché sedotti dall'amore di noi stessi. Può stendersi questa vantaggiosa idea a tutte le nostre azioni, a i nostri genj, a quel che possediamo, a quel che pretendiamo e speriamo. Certamente non si può dire, che caro idolo sia quel della gloria ne' letterati, e in molti guerrieri. Idolo, che li sprona a grandi fatiche, e li espone a tanti pericoli. Similmente osservate, che amabile, che specioso oggetto sia nella fantasia di alcuni un cappello cardinalizio, o altro posto assai cospicuo, per cui si credono di avere il merito, e tengono giustizia il conseguirlo. Se poi sia caro ad un amante profano il ritratto della persona amata, non dirò già dipinto in tela, ma il vivamente impresso nella sua immaginazione, ve ne saprà dar conto chiunque impiega tempo e pensieri in tal esercizio, purché i fantasmi, che mettono in testa l'anima, sieno innocenti ed onesti, ancorché consistano in mere immaginazioni, prive affatto, o in parte di fondamento e suggetto: pure si può perdonare a chi con sì poca spesa mena a spasso il suo cervello, e cava l'allegria dalle commedie della sua fantasia, come si fa dall'altre, che si recitano ne' teatri. Ma qualora questi cari fantasmi manchino d'onestà, e possano incitar noi a desiderj, o ad azioni illecite, ovvero col passar dalla fantasia ne' ragionamenti nostri ci possano rendere ridicoli, in una parola nuocere a noi, o ad altri: la ragione vuole allora, che l'anima si guardi, o si liberi da esse, o le rettifichi ed emendi.

O s'io trovassi un tesoro, fra se stesso dice quel tale. E come se l'avesse già trovato, ne forma nella sua fantasia un idolo, passando poi a considerare i comodi e piaceri, che gliene verrebbero, e si delizia in questi pensieri. Perdoniamola anche a costui. Può egli spender meno, e stare allegro? Così un altro vagheggiando l'idolo di un utile matrimonio, e dell'acquisto d'una bella persona, o d'un ufizio lucroso, ch'egli spera: si ringalluzza tutto, e si sente scorrere pel cuore un'aura soave, talmente che per un pezzo non invidia i campi Elisi. Saran sogni di chi veglia (e ne fa spesso degli allegri, chiunque non è ipocondriaco e di umor malenconico); ma Dio sa, se riusciranno: non importa. Sogni almeno gustosi son questi; e benché sia lecito a noi il chiamarli brevi pazzie, pure si possono comportar nella buona gente, che converte anche l'ombre in propria contentezza. Si lagnava il pazzo d'Orazio di chi l'avea rimesso in sanità, perché si vedea tolto il continuato piacere de' fantasmi del suo precedente stato. La sciocchezza nostra è, che talvolta diam corpo a i vani fantasmi, e come se contenessero verità, operiamo poi senza riflessione in conformità di questo da noi fabbricato inganno. O pure all'idee di veri oggetti attacchiamo tante altre idee sregolate o false; che queste poi servono a farci prorompere in errori perniciosi o all'anima, o alla sanità, o alla roba, o alla riputazione nostra, ovvero all'altrui. Anche a' dì nostri più d'uno si può mostrare, che o per aver tanto letto in libri, o udito parlar da altri del mirabil segreto Lapis Philosophorum, creduto bensì da loro difficile a scoprire per le cifre, sotto le quali viene insegnato da gli adepti, ma nondimeno scopribile: vanno a piantar nella lor fantasia questo bell'idolo. Ed oh che idolo caro, ben degno de' lor pensieri, e della lor venerazione, da che per esso si sperano le due importantissime arti di tramutare i metalli, e di prolungar la vita terrena oltre a' termini consueti. Ma quello è un idolo onninamente falso, è un fantasma illusorio e seduttore, fabbricato da' soli rapporti de' ciurmatori, e della vana avidità della gente troppo credula, la quale poi soffia, spande e spende, ed altro non acquista per l'ordinario, che povertà e più d'un incomodo e danno alla sanità del suo corpo. Né altra pruova occorre, che la sperienza stessa, perché dall'un canto se all'arte di far l'oro tanti e tanti fossero giunti, come spacciano i libri dell'alchimia: egli è impossibile, che alcun de' principi e re non avesse per amore o per forza estorto questo segreto; e trasmessolo per eredità a i suoi discendenti. Noi sappiamo, onde i monarchi traggano l'oro, senza ch'io di più aggiunga. Dall'altro canto, chi sia vivuto le centinaja d'anni per virtù de' decantati elissiri, niuno si mostrerà con verità, fede non meditando su questo qualche mercadante d'inganni. Non fallerebbono gli uomini, se tenessero salda questa sì ragionevol massima, cioè: non essere credibile, che chi fa l'oro, sia di bisogno di mendicar l'oro altrui: e che costui possedendo sì gran segreto, voglia per poca mercede insegnarlo ad altri. Nella mente e fantasia della gente avveduta e saggia non si ferma punto questo dilettevol sì, ma falso e pernicioso fantasma.

Oltre a ciò si danno idee sussistenti, e rapresentanti qualche oggetto o nozione vera, ed insieme utile e degna stima. Tale è l'idea dell'onore, di cui alcuni han sì piena la testa e la bocca, ancorché per lo più resti loro da imparare ciò, che significhi questa parola, e in che consista il vero e falso onore. Egli è desiderabile, che ognun ci stimi e rispetti tanto colla voce, che coi fatti, o almeno che non ci sprezzi, o ci faccia ingiuria. E questo è un bene, di cui non si può negare che giusta e lodevole sia l'idea. Ma riscuotere questo rispetto e stima della gente non si può con ragione senza un'altra idea, col figurarsi dovuto questo tributo solamente a chi opera secondo la virtù, ed ha abborrimento ad ogni azione malfatta. Chi sente in sé tal disposizione, ha un'idea vera e giusta dell'onore, e benché nell'esterno mancasse alla gente la stima, che gli è dovuta, pure non lascia per questo di essere degno di onore, perché nell'interno suo ne ha il vero fondamento. Al contrario di certi altri, che esiggono la stima e l'onore esterno, quando nel medesimo tempo fanno azioni, che meritano censura e sprezzo. Non è già regolarmente lecito per questo di perdere il rispetto ai viziosi stessi; ma ciò non ostante non lascia la falsa idea dell'onore in certuni di produrre dei mali effetti, perché diventano superbi, puntigliosi, ed esattori di ogni menoma convenienza con attacar liti per cose e parole, alle quali non bada chi è saggio e virtuoso; e pure tanto più di essi è meritevole di ogni stima e riguardo. Abbondano poi le persone, che non si lasciano punto affascinare dall'idolo della propria bellezza, perché sanno accoppiarlo e temperarlo colle idee della virtù, cioè di una bellezza superiore all'altra. Ma non ne mancano di quelle, nella fantasia delle quali troppo è dominante quest'idolo sì vistoso. Voi perciò mirate in esse, non già quell'alterigia discreta e perdonabile, che merita più tosto il lodevol nome di contegno, atto a tenere in freno e rispetto la temerità dei tentatori; ma quella bensì, che propriamente si appella superbia od alterigia, per cui si credono tante regine, e si paoneggiano per avere, e saper sempre più accrescere gli adoratori. Se poi queste regine sieno mai capaci di qualche viltà, io non saprei dire. La vanità per altro non è male delle sole femmine, e passa molto bene anche nell'altro sesso.

Sarebbe pertanto da desiderare, che noi prima di affezionarci a certi fantasmi, provenienti in noi o per via delle sensazioni, o per lavorio della nostra mente, potessimo e sapessimo ben esaminare la verità, la bontà, le cagioni, e gli effetti, considerando, se abbiano sussistenza di ragione sì o no, e quale influsso possano avere nella teoria dei nostri pensieri, desiderj, e passioni. Può essere, che senza questo esame ci siamo imbarcati, ed abbiano sì fatti fantasmi coi caratteri delle passioni loro aderenti presa radice nella nostra fantasia. Ciò non ostante è a noi permesso, anzi comandato dalla retta ragione il chiamarli anche dipoi all'esame, per liberarcene, o per rettificarli. A disingannarsi potrebbe e dovrebbe bastare per la gente dozzinale il solo esempio delle persone conosciute da tutti per saggie, e dotate di migliore intendimento. La mente nondimeno quella sempre è, che avendo per poca avvertenza, o per debolezza, o per altri motivi permesso, o fatto, che si alloghino nella fantasia delle idee false, o se non false in se stesse, almeno sfigurate per l'accessorio di altre incompetenti idee: essa, dico, è, a cui tocca di rinvangare i conti, tornando a considerare più attentamente, se per avventura c'ingannassimo, o ci fossimo ingannati in accettare a fabbricar quel tale fantasma, che suscita o sveglia in noi questa o quella gagliarda passione, e ci spinge a pensieri, volizioni, ed azioni peccaminose, e perniciose a persona dotata di ragione, che per istituto di sua natura ha da proccurare la propria felicità, e non già l'infelicità. Basterà qui un esempio solo. Il giuoco è uno degli eccessi e malori, forse più familiare, o certamente più universale nei tempi nostri, che nei precedenti. Se talun prendesse ad esaminare la varietà dei giuochi, e più chi li pratica, e chi permette, e non si frena, comporrebbe un grosso libro, ma libro, che potrebbe dispiacere ai principi della terra, e dal quale verisimilmente poco o niun frutto si ricaverebbe. Sente una persona parlare del Lotto di Genova, o di Milano, e che con poche monete si possono cogliere centinaja di scudi. Eccoli immantenente svegliarsi nell'anima un segreto desiderio di sì bel guadagno. Viene a sapere, che fra cento mila e più persone un certo tale con un ambo, o terno felicemente ha colpito, ed ha in mano una bella somma di danaro, guadagnato con sì poco. Al desiderio si aggiugne allora la speranza, cioè una passion lusinghiera, che sembra dire: se colui è stato sì ben favorito dalla fortuna, perché non posso sperare anch'io, perché non promettermi altrettanto? Ecco ben fitto il fantasma di questo giuoco nella fantasia, e corteggiato dall'idolo del guadagno, e della sua possibilità, forse anche da quello della facilità, perché l'amor proprio è un grande immaginatore di quello, che noi vorremmo.

Maggiore eziandio divien la vivacità di questo fantasma, qualora il lotto sia formato di vasi di argento, specchi, e somiglianti altri vistosi lavori, che danno forte nell'occhio, e più efficacemente imprimono nel cerebro la loro immagine, onde poi vien commossa l'anima di chi per la sua povertà o per altri motivi si mette tosto ad amoreggiare l'originale. Che fa poi questo fantasma? Non dà posa all'anima, torna di tanto in tanto davanti alla mente, e sto per dire, la perseguita, rappresentando sempre il guadagno possibile, di maniera che quando essa mente lasci nel suo essere quel caro vigoroso fantasma, cede finalmente al suo impulso, portando la volontà a cercare il danaro occorrente per tentar la fortuna. Questo danaro (volesse Dio, che non fosse così) per chi non l'ha, bene spesso si cerca coll'impegnare, col rubare, con iscialaquar la pudicizia, o con altri abbominevoli, o troppo dannosi mezzi. Sulla falsa credenza poi di pervenire alla vincita, si bada ai sogni, a gli augurj, si ricorre alle superstizioni. Una pazzia maestra se ne tira seco dell'altre. Ma non cade in questi reti, chi è saggio ed ha mente superiore a i brutti giuochi della fantasia; perché o pondera sul principio gli inganni ascosi sotto la bella apparenza dei giuochi; o pure se nel principio non ha ben esaminate l'idea di essi, andando innanzi, meglio la pesa, tanto che scorge la vanità delle speranze fondate sopra un sì spropositato azzardo. Vero è, che il tale ha guadagnato; ma centinaja, anzi migliaja ne sono usciti burlati, e colla borsa vuota. Si può, è vero, cogliere un terno, o un pezzo di argento; ma secondo le pruove algebraiche essendo quel terno confuso con migliaja di combinazioni inutili, e il biglietto di un pezzo di argento mischiato fra migliaja di biglietti vani: quasi lo stesso è l'esporre in simili giuochi il suo danaro, che l'essere certo di perderlo. Questo solo esempio servir può per farci conoscere la necessità di ben considerare qual influsso possa avere nelle nostre azioni la nostra fantasia, per correggerla, se occorre, osservando come quel fantasma ci stimola ad opere illecite; quell'altro ad opere nocive alla nostra sanità, all'economia, all'onore; ovvero tanti altri, che ci turbano sì forte, rubandoci la tranquillità dell'animo, per rimediarvi se mai si può. Ma perciocché i fantasmi nostri bene spesso altro non sono, che un'opinione figlia dell'intelletto e fitta nella fantasia, o pure vengono accompagnati da qualche opinione, che può e suol muovere l'anima nostra a varie operazioni ora lodevoli, ora biasimevoli: già si è detto, quanto utile e necessario sarebbe il chiamarle ad un rigoroso esame, per esentarci da varj inganni, nei quali tutto dì cadiamo.

CAPITOLO XV

Della diversità delle fantasie.

Siccome nel teatro del mondo noi proviamo tanta diversità nella distribuzion dei beni terreni, mirandosi alcuni ricchissimi, altri mediocremente forniti di essi, ed altri poveri o poverissimi: così lo stesso avviene della fantasia e dell'ingegno, dei quali si osserva nei mortali o abbondante, o mediocre, o scarsa la misura. Tale diversità di fantasie provviene o dalla natura, o pure dallo studio ed esercizio. Nascono alcuni con una forte immaginativa, la quale ritien facilmente tutto quel che pensano o che apprendono per via de' sensi, o che vanno immaginando, e prontamente esibisce poi alla mente quelle immagini, che occorrono pel ragionamento: nel che consiste quella, che col volgo appelliamo buona memoria. Con altri avara è la natura; perché portano dall'utero materno una fantasia incapace, se non in tutto, in buona parte almeno delle idee scientifiche ed intellettuali, e per quel che sembra, solamente atta per le idee delle cose sensibili, e queste ancora con difficultà conserva. Dalla diversità dei cervelli nasce questa differenza. Similmente quando anche fosse eguale la forza nativa della fantasia in due persone, pure il maggiore, o minore studio, e la pratica del mondo può rendere l'una superiore all'altra in dovizia d'immagini. Noi abbiam tuttodì sotto gli occhi contadini ed altra simil gente, nata nelle angustie della povertà, zotica, rozza, dura di cervello; ed altre, che per vivere lungi dal commerzio umano, e dallo studio delle lettere, non son provvedute se non di quelle sole idee, che convengono all'agricoltura, o ad altre arti meccaniche, da loro esercitate. All'incontro chi ha sortito dalla natura un cervello ben architettato, ed in oltre con applicarsi alle scienze ed arti, e col conversare in quello, che si chiama gran mondo, mette insieme, e ritiene gran copia d'idee: questi forma nel suo capo un ricco magazzino, per potere ordinare dei lunghi discorsi, ed anche raziocinare, purché sia provveduto di buon intelletto sulle cose tanto intellettuali, che sensibili. Osserviamo un poco queste diversità negli studiosi delle lettere.

Quattro schiere di uomini si possono considerare. Alcuni han provata assai scarsa verso di loro dc i suoi doni la natura, avendo sortito una povera fantasia e memoria, e quel che è peggio un fiacco intelletto. Non manca fra questi, chi essendosi applicato alle lettere, si sente col tempo in cuore il pizzicore di aspirare alla gloria de' letterati, e si mette a comporre libri. Già il suo nome comparisce alla stampa, e si parla di lui ne' Giornali de' Letterati. Che son poi questi libri? Cataloghi, indici, pezzi di libri, e materiali altrui, cioè centoni, ed erudizioni indigeste; e quando anche sieno infilzate con ordine le cose, pure scompagnate da riflessioni sopra la verità o probabilità di esse, riducendosi tutto il loro sapere a saper copiare quel che altri han detto. Anche questi son libri, ma libri ordinariamente destinati per la gente dozzinale, e che non entrano nelle librerie dei veri dotti; o se vi entrano, sieno pur sicuri di dormir ivi quietamente coperti di polvere, senza essere mai maneggiati dalle lor mani. Dissi ordinariamente, perché possono darsi di questi lavori, appellati fatiche più tosto di schiena, che d'ingegno, i quali per essere utili con risparmiare la fatica a gli altri di cercar qua e là notizie e dottrine, ivi da un solo ammassate, meritano certo, che ognun resti obbligato alla fatica e penna di quegli autori. La seconda schiera è de i ricchi di fantasia, poveri d'intelletto. Hanno costoro letto molto, molto ancora ritenuto; e la vivace ed agile lor fantasia è pronta a somministrar idee e parole a i loro ragionamenti, vaghezza a i loro libri. Bella figura, che ordinariamente fan costoro nelle conversazioni con raccontar casi seguiti, dipignere vivamente gli avvenimenti delle cose, e i costumi altrui; hanno anche tanto d'ingegno da dilettarvi con facezie, arguzie, satirette gustose, e talvolta ancor troppo pungenti. Ma in fine pesatene ben attentamente le forze, esaminate i lor discorsi, troverete, che sono ingegni superficiali. Noi sogliamo appellarli begl'ingegni, a differenza de' buoni e sodi ingegni. Vi daranno essi certamente piacere, ma non v'istruiranno; parleran di tutto, ma senza saper giudicar rettamente delle cose. Noi troviamo libri tempestati di versi di autori latini o volgari, carichi di passi di scrittori antichi di ogni genere, senza né pur dare talvolta alla povera gente la traduzion de i greci. La gran lettura, la fortunata memoria assiste loro per formar somiglianti giardini di erudizione, che certamente danno forte nell'occhio, e può essere, che contengano cose rare, e formino anche un tutto degno di grande stima. E pure quanti di questi libri ci sono, dove poco apparisce di buon raziocinio, di saggia critica, di giudiciose considerazioni! Mancando questo, manca il meglio de' libri. La fantasia feconda di tali scrittori vi avrà messa sotto l'occhio una gran varietà di cose, e belle dipinture troverete certo ne' loro racconti. Ma se non v'interviene il giudizio, se non si fa sentire in tante erudizioni il filosofo, che sa, per quanto si può, discernere l'apparenza dalla sostanza, il vero dal falso, il certo dall'incerto, il giusto dall'ingiusto, il bello dal brutto: conchiudete, che ivi manca il pregio principale de' libri.

È composta la terza schiera di persone, nelle quali col vigor della mente, o sia dell'intelletto sta accoppiata poca memoria, e meschina fantasia. Di ordinario costoro portano un ingegno cupo, atto solo a meditar sulle cose, ruvidi poscia nell'aspetto, gente di poche parole, e che nelle conversazioni non ci è dubbio, che levino mai la mano ad altri per volere il pulpito; serii quasi sempre, e più inclinati alla malinconia che all'allegria, ameran certo, chi li faccia ridere, ma non sapran contracambiarli. Dissi di ordinario, perché anche di questi tali ne troviamo, che alle occasioni son buon compagnoni, né la cedono a veruno in allegria e facezie. Si figurano alcuni, che lo studio delle matematiche, siccome quel che richiede una soda meditazione ed astrazion dalle cose materiali, renda i suoi alunni astratti, sempre cogitabondi, e inetti a i pubblici e privati affari. E pure la sperienza è in contrario, trovandosi eccellenti matematici allegri e di giovial conversazione, ed atti più ancora di moltissimi altri a i pubblici ufizj e alle private faccende, ed anche eccellenti poeti. Per tali ho conosciuto io il p. Tommaso Ceva, il p. abbate Grandi, Eustachio Manfredi, e l'abbate Antonio Conti stimatissimi e chiarissimi amici miei. Ora può essere, che queste menti perspicaci, se prendono a formar libri, non abbiano la fortuna di piacere a chiunque vuol imparare senza fatica di applicazione, o si pasce unicamente di fioretti di erudizione; perché ivi si truovano solamente dottrine alte, profondi pensieri, né vi comparirà l'ornato di sentimenti e passi presi da i poeti, e dagli scritori antichi o moderni. Contuttociò nelle bilance de' saggi opere tali, purché giudiziosamente composte con sode riflessioni, e queste con bella chiarezza esposte, (perché il pregio della chiarezza è un ingrediente necessario a tutti i parti dell'ingegno) meriteran sempre plauso singolare. Non saran fatte, è vero, per dilettare l'altrui fantasia, ma potranno ben pascere l'intelletto, e recar profitto maggiore. Finalmente la quarta schiera è di coloro, che han sortito dalla natura un intelletto penetrante, e insieme una gran felicità di fantasia. Rari certamente son questi; nulladimeno non pochi ne produsse negli antichi tempi la Grecia, e Roma pagana. Si ammirano ancor questi due pregi in alcuni de' Santi Padri, e negli ultimi secoli nostri, per essere rifiorite le lettere, si son veduti assaissimi di questi ingegni, che faranno l'ammirazion de' posteri; ed altri viventi ne può mostrare anche la nostra medesima età. Felice, chi sa saviamente e fondatamente raziocinar sulle cose, e nello stesso tempo abbellire i ragionamenti suoi col vago dell'erudizione, e co i colori di uno bello stile, a lui prestati dalla fantasia feconda e vivace. Se ingegnoso è il loro parlare, tanto più sarà atto a dilettare. Purché nondimeno i lor libri giungano ad istruire colla sodezza delle dottrine, ed ingegnosi e maestri del vero sieno i loro trattati, poco infine importa, se non dicono ancora con ingegno le cose. Riesce anche più alla portata del popolo lo stile limpido, e dotato di una naturale beltà, senza ricorrere all'ajuto de' belletti.

Da quanto fin qui ho detto si può raccogliere, essere un bel dono della natura una vigorosa fantasia, che ritenga facilmente ciò, che a lei van rapportando i sensi in leggere, in ascoltare, in praticare il mondo, e quello ancora, che venga portato in essa dalla meditazion dell'intelletto, a cui essa è destinata per serva ed ajutatrice, perché altrimenti può essa più nuocere, che giovare a i mortali. Di ciò parleremo più abbasso. Intanto mi sia lecito il dire, che più degli altri abbisogna di fantasia, chi vuol mettersi a fare il poeta o il dipintore. Sorelle possono chiamarsi queste due arti. La pittura è una poesia fatta con colori; la poesia una pittura fatta con parole.

.... muta poesis
dicitur haec; pictura loquens solet illa vocari.

Il sapere un poeta ben immaginare e ben dipingere qualche oggetto, qualche azione, vien dalla sua vivace fantasia, ed è accolto con plauso e diletto, perché sel merita l'industria di ogni arte, che sa imitar con perfezione le fatture della natura. Vero è nondimeno, che a formar l'eccellente poeta non basta la sola fantasia. Si ricerca in oltre l'ingegno, si richiede il sapere, cioè due altri nobili ingredienti, che dipendono dal buon intelletto, e dallo studio delle arti e delle scienze. Può la fantasia sola dilettare; ma per attestato de' saggi, il poeta che aspira a primi gradi, ha anche da insegnare, ha da istruire, cioè ha da recare utilità al pubblico, sia colle azioni de' suoi personaggi, sia co i costumi, o pure ne' ragionamenti suoi, o de' suoi attori. I poeti, che portano in fiera sole belle parole, e non anche cose sostanziose, sono alberi pieni di foglie e frasche, e privi di frutti; e di questi ultimi più che de' primi noi andiamo in traccia. Similmente può ben l'ingegno in componimenti lirici, che ordinariamente non han gran corpo, produrre delle belle riflessioni, e delle sublimi dottrine. Ma non vi credeste per questo, che riuscisse eccellente il lavoro, quando non vi concorra il pennello poetico, che prendendo colori dalla fantasia, vagamente vesta quegli altri concetti, e sappia dipingere con idee sensibili l'astruso e sottile delle dottrine. Così han fatto i più accreditati fra gli antichi e moderni poeti. Maggiore è poi il bisogno della fantasia ne' poemi maggiori, cioè nell'epopeia, tragedia, e commedia, perché principalmente da essa dipende l'invenzione, o sia l'orditura di tutta la tela, che è il meglio di tali poemi, ed anche il più difficile. Sarà preso dalla storia, o pur finto affatto il suggetto di un poema. Convien ricorrere al ricco arsenale della fantasia, che gli somministra personaggi ideali o pur veri, ma con ideati costumi, azioni, e sentimenti; e suggerisce avvenimenti maravigliosi, intrecci, incontri, e mutazioni inaspettate di azioni, tutte ben congegnate, e tutte poscia espresse con vago stile poetico, figlio anch'esso della fantasia, tenendo in tal maniera sempre attento, e dilettato col mirabile e colla novità il lettore.

Osservate Omero, Vergilio, e l'Ariosto, il Tasso, ed anche nel suo genere la Secchia del Tassoni. Che varietà di cose! che avventure curiose una dietro all'altra! E tutte con qualche aria di verisimile: che questo ancora è importante a i bei poemi. Il Ricciardetto del Forteguerra, che negli anni addietro uscì alla luce, ha de i pezzi egregi. Ma quell'ingegno, ch'era capace di formar un magistral lavoro, per dappocaggine, credo io, cioè per non voler impiegare più pensieri e lima, ci diede un poema, a cui presto è mancato il plauso, a ragion di molte strabocchevoli immaginazioni, e inette finzioni, le quali non possono mai dilettare, chi è avvezzo a cibi migliori. Altrettanto è da dire della tragedia e commedia, per le quali bisogna che il poeta truovi nella storia, o pur fabbrichi nella sua fantasia un'azione ben intrecciata di magnifiche avventure e peripezie nella prima, e di curiose e popolari nella seconda. Tocca poi all'ingegno il far bene parlare i personaggi nella maniera conforme a i lor costumi, e alla lor condizione, con figurarsi sempre il carattere più vistoso di quei sentimenti e di quelle frasi e parole, che convengono nel suo genere al principe, al mercatante, all'innamorato, al furbo, al goffo, e simili. Ma non già lasciar la briglia all'ingegno, né parlare in maniera, che solamente la gente dotta possa intendere. Non saranno mai belle né prediche né tragedie, fatte per essere recitate al pubblico, se almeno il mezzano popolo, che forma il più dell'uditorio, non può capire ciò, che il predicatore, o il poeta ha voluto dire. Convien badare al documento di Quintiliano, il quale parlando degli oratori scrive: A corruptissimo quoque poetarum figuras seu translationes mutuamur, tum demum ingeniosi scilicet, si ad intelligendos opus ingenio. Felicissimo era l'ingegno di Pier-Jacopo Martelli; ma egli volea troppo mostrarlo nelle sue tragedie, molte delle quali perciò, quantunque sì belle da leggere, non possono già sperare gran fortuna poste in iscena. A formar dunque l'eccellente poeta dee principalmente concorrere la fantasia vivace e feconda l'immagini. Truovasi ancora de' poeti in prosa, e questi sono i compositori de' romanzi, alla fabbrica de' quali necessaria sopra tutto è la fecondità della fantasia per idear curiosi avvenimenti, impensati viluppi, e peripezie delle azioni umane. Vi ha di questi romanzi interamente consistenti in argomenti finti, ed altri composti parte di fatti istorici, e parte di finti, cioè prodotti dalla fantasia. Alcuni compariscono atti solamente a dilettar chi pieno d'ozio vuol pure impiegare qualche tempo in leggere quelle gustose, ma false invenzioni, che di ordinario a nulla possono giovare, e solamente possono nuocere alla sconsigliata gioventù. Ve n'ha poi degli altri, atti anche ad insegnare il vero e il buono con quelle favole, mercé de' saggi avvertimenti, che vi aggiunge l'intelletto, e dell'essere quelle stesse favole inventate per istruire. Finalmente noi proviamo nello stesso commerzio degli altri uomini, che forza abbia, e che piacer dia, chi sia provveduto di una vivace fantasia. Udite alcuni, che vi descrivono un caso seguito, con rappresentarvi le persone in quell'atto, le lor parole, i colori del volto, i movimenti, e fino i gesti: tutti effetti di quella fantasia, che ha ben ritenuto ogni circostanza di quella azione. Pare allora a voi di trovarvi presente a quella lite, burla, maritaggio, disgrazia, e altre simili avventure: tanto bene è dipinto quel fatto. Riesce a maraviglia nella stessa maniera il poeta, che sa vivacemente immaginar gli avvenimenti o veri o finti, e come li mirasse con gli occhi proprj, ne fa la descrizione circostanziata, in maniera che ne provate quello stesso diletto, o movimento interno, come se li vedeste dipinti in un quadro da Tiziano, da Raffaello, dal Correggio, o da altri insigni pittori. Ma perché di questo affare ho io parlato assai nel mio Trattato della Perfetta Poesia, basti questo poco intorno alla fantasia de' poeti. Meriterebbe qui ancora quella de' pittori, ch'io ne dicessi qualche cosa. Ma rimetto i lettori a quanto ne è per dire, e magistralmente dirà l'abbate Antonio Conti, che col pennello poetico sa anche comparire valente pittore.

CAPITOLO XVI

Della fantasia dei filosofi.

Non vi credeste, che i soli poeti ed oratori per dilettare, o per istruire, o per persuadere, facessero buon uso delle merci della fantasia. Anche i filosofi talvolta, per non dir bene spesso, ricorrono a quel medesimo fondaco, per fabbricar opinioni nel vasto regno della loro scienza. Certo è, che le opinioni sono parte dell'intelletto nostro, o di altrui, perché asserzioni formate dalla nostra meditazione, o pure a noi comunicate da altri coi libri, e colla viva voce. Allorché la mente non può raggiungere la verità e certezza delle cose fisiche, o metafisiche, o morali (il che ben sovente accade) ella mette il suo studio in raccogliere quello, che ha maggiore apparenza di verità, chiamato da noi verisimile e probabile. Sì fatte affermazioni, fondate sopra delle premesse non tutte certe, ma che sembrano accostarsi ora più ora meno alla verità, portano il nome di opinioni, mercatanzia, di cui il mondo è pieno, ed ognun di noi ha ben guernita la propria fantasia. Alcune di queste unicamente servono ad instruirci il meglio, che si può dell'esistenza, essenza, principj, cagioni, ed effetti delle innumerabili creature componenti l'universo. Altre hanno per mira il dirigere le nostre azioni per la buona condotta della vita, per la sanità del corpo, o pel saggio ed ordinato governo dell'umana società. Dobbiam dunque distinguere nella filosofia due differenti sorte di cognizioni, cioè altro essere il sapere, altro l'immaginare. Il sapere, che scienza ancora si appella, viene da principj certi, fondati sulla chiara evidenza delle cose, e dal retto raziocinio, per cui da una indubitata notizia altre si deducono di eguale certezza. All'incontro l'immaginare è bensì lavorio della mente, ma v'interviene anche la fantasia. Medita un trafficante qualche negozio, che può recargli gran lucro. Chiama perciò in rivista le immagini concernenti quel determinato oggetto, o esistenti già nella fantasia, o formate allora da lui, cioè gli accidenti favorevoli, gli ostacoli e i pericoli, e i mezzi, che possono guidare al guadagno o alla perdita, e scegliendo dopo lungo scandaglio ciò che sembra a lui probabile, immagina qual esito si possa promettere di quell'affare. Così egli va trattando di cosa, ch'è per essere, ma che non sa, se poi sarà a misura dei suoi desiderj. Altrettanto fa non rade volte anche il filosofo per ispiegar le cose, che realmente sono, ma non s'intende, come sieno. Giacché indagando i principj, le cagioni, le maniere, le relazioni &c. di tante cose o materiali o intellettuali, scorge, che mancano a lui, e ad altri ancora, cannocchiali e microscopj per iscoprire il vero e certo di esse: passa a maneggiar le immagini della probabilità e verisimiglianza, tanto che compone una fabrica, che può forse rappresentare il vero, ma che non va esente dal pericolo di essere fondata sul falso. Se non può giungere ad intendere e mostrare, come sieno effettivamente le cose, immagina almeno, come potrebbono, o dovrebbero essere. Ideare ed immaginare significa appunto il prendere materiali dalla fantasia, che poi la mente va rimaneggiando in maniera, che ne risulta un edifizio nuovo. Per conseguente ogni sistema ed ipotesi altro non è, che un'immaginazione, in cui ha parte ora più, ora meno anche la fantasia, se pure non li vuol taluno appellare manifatture propriamente spettanti a questa potenza.

Dello stesso calibro non sono, benché nella stessa guisa formati, i sistemi dei filosofi. Sì ben concertati compariscono alcuni di essi, che si sostentano forte contro tutte le opposizioni, spiegandosi col supposto di essi adeguatamente tutti i fenomeni ed effetti di quella tale materia. Altri poi son tanto battuti dalla sperienza contraria, o dal raziocinio, che in fine si truovano confinati nella region dei sogni, e svaniscono. E certo non mancano alla filosofia i suoi visionarj e chimerici artefici, fabbricanti di pianta castelli in aria al pari dell'Ariosto e degli altri romanzieri e poeti. Tale comparve ai suoi tempi Tommaso Burnet colla sua teoria sacra della terra, per tacer di altri suoi pari. Non sono già da chiamar tali costoro, che edificano ingegnosi sistemi, assistiti da buone ragioni di verisimiglianza, ancorché posti dipoi alla coppella si scuoprano insussistenti, o almen troppo arbitrarj. Ognun sa, con che franchezza Aristotele e i suoi seguaci una volta parlassero dei cieli, della lor divisione, delle lor qualità, e delle varie sfere. Sa quanto tempo sia stato in voga il sistema di Tolomeo, a cui con più fortuna e probabilità è succeduto presso tutti gli astronomi quel di Copernico, conosciuto in parte anche dagli antichi, siccome abbiamo da Aristotele, Plutarco, e Cicerone, e poi accennato dal cardinale Niccolò di Cusa. I vortici dell'acutissimo Descartes, non si può negare, con grande ingegno furono ideati, ed han regnato un pezzo. Scemati poi di credito, voglia Dio, che non muojano in fine allo spedale. Così l'attrazione dei corpi, quantunque dal celebre Newton fiancheggiata con forti ragioni, e proposta con molta modestia, pure più contraddittori ha trovato finora, che lodatori. E nuova forse né pure è da dire, perché prima di lui anche il Gassendo nella sua Fisica, ove tratta della gravità, inclinò ad ammettere l'attrazion nella terra. Oltre a questi parimente il famoso Leibnizio, che tanto facile, e felice era in fabbricar sistemi, non ha già provata la medesima felicità in persuaderli ad altri. Ed ecco come gli uomini grandi per mancanza di nozioni certe delle cose vanno fantasticando, e credono impresa gloriosa l'idear colla lor fantasia ciò, che verisimilmente essere potrebbe o dovrebbe, giacché di più o di meglio sperar non si può. Di sì fatti sistemi, molti dei quali si possono chiamare con santo Agostino magna magnorum doctorum deliramenta, e di simili paradossi, e particolari opinioni, noi ne incontriamo in tutto il regno della letteratura; e chiunque ha conficcata nel suo capo, cioè nella sua fantasia, una di queste opinioni, a tenore poi di esse va pensando, e ne forma quasi uno stabile principio di altre cognizioni. Molte di esse sogliono aver voga, fintantoché venga un altro, che ne proponga una diversa o contraria con architettura migliore. La conclusione nondimeno è, che niun sistema, niuna opinione può noi condurre alla certezza della verità; e se l'intelletto nostro si appaga talvolta anche di queste apparenze del vero, fa come il povero, che veste e mangia come può, ma non come vorrebbe.

Ora finché i sistemi e lavori della mente nostra consistono in mere speculazioni, o per dir meglio immaginazioni, dalle quali niun pregiudizio e danno può provvenire alla religione, o alla sanità, o alla felicità e quiete della repubblica: sono essi da comportare, e sovente ancora da lodare. Non mancano certamente saggi, ai quali sembrano un perdimento di tempo questi immaginarj edifizj dell'intelletto umano, e riuscir solamente inutili le ricerche della filosofia e medicina sperimentale, delle matematiche, dell'astronomia, e di altri studj delle verità particolari: nel che veramente si van segnalando da un secolo in qua le Accademie Reali di Parigi, di Londra, di Pietroburgo, ed altre ancora della Germania; e sarebbe da desiderare, che l'Italia, la quale ha servito di esempio in ciò agli altri paesi colle Accademie di Roma, e Firenze, e si fa rinomare anche oggidì con quella di Bologna, ed abbonda di tanti ingegni, non fosse priva di promotori e mezzi e per sì nobili esercizj. Certamente è sembrato ad alcuni, che i filosofi dei tempi barbari non sieno dissomiglianti dagli orbi, che fanno alle bastonate. Se questo si possa dire de i filosofi di oggidì, lascerò cercarlo ad altri. Intanto non è da vilipendere così per poco, molto meno da condennare il delizioso mestiere di fabbricar sistemi, contuttoché la nostra superbia (mi sia lecito il dirlo) metta un po' la zampa in somiglianti lavori. Vergognandoci noi di profferire quel brutto non so, non intendo, vogliamo più tosto mostrar di sapere e d'intendere con figurarci le cose tali, quali le faremmo noi stessi, quasiché la mente e la fantasia nostra possano o debbano dar norma ai disegni, e voleri di Dio, e divenire scorta sicura agli altri per iscoprir tutte le occulte ruote e i segreti della natura. Il frutto vero, che avrebbe da ricavarsi dal veder venir meno le forze nostre nel voler disciferare le cagioni, le maniere, e i fini di tante maravigliose fatture, che essa natura nasconde al guardo nostro: dovrebbe essere quello di conoscere, ammirare, e benedir l'autor della natura, cioè quella mente, e potenza infinita, la qual sa e può far tante cose superiori all'intendimento nostro. Per altro quando un sistema sia così saggiamente architettato, che niuna contradizione involva, e possa soddisfare a tutti i fenomeni ed effetti della cosa proposta, non sia da defraudar di sua lode l'ingegnoso inventore.

E non è già passata la voglia di fantasticar anche nella teologia, trovandosi professori di questa scienza che si mettono a ventilare nella loro immaginativa gli arcani astrusi della divinità, della predestinazione, dell'economia della grazia di Dio; e come vedessero co' proprj occhi le tele ordite da chi ci ha formati, francamente ideano varj decreti nella mente divina, e vi fan dire le maniere tenute dall'ineffabil sua sapienza, tanto nel creare le cose, quanto nel muoverle e mutarle. Ognun si persuade d'aver col suo immaginario sistema colpito nel vero. Ma che così non sia, si può argomentar da tante guerre letterarie, che durano nelle scuole, ed han ciera di non aver da finire giammai, cotanto ci affezioniamo alle nostre immaginazioni ed invenzioni, con giungere fino a tenerle e spacciarle per iscoperte indubitate della verità. Suum cuique pulchrum est. Deh perché mai non si conchiude in fine, che più ne sa in queste sì scure quistioni l'umile ignorante, il quale si riposa nell'adorabil sapienza, bontà, e fedeltà di Dio, che governa il tutto con infinita rettitudine e soavità; e conoscendo la povertà ed infermità di noi sue fievoli creature, non cessa mai di amarci; né ci condannerà se non per colpa nostra, e si pregia in volere, che la misericordia sua vada di sopra al giudizio suo? A noi dee bastare, che se sono oscure molte cose, proposte a noi da credersi della divinità e di varj misteri della religione, sono ben chiare le regole principali del retto vivere, e le leggi di Dio per dirigere con esse le nostre coscienze ed azioni. Ma pur troppo la nostra curiosità ci porta a voler intendere ciò, che è incomprensibile; con trascurar intanto i chiari insegnamenti di Dio per la buona condotta de gli animi nostri sì per la presente vita, come per l'altra, a cui siamo incamminati. Ora è da aggiugnere essere bensì conceduto il passaporto a i sistemi e alle immaginazioni quasi poetiche de' filosofi e teologi, allorché si tratta di sole materie fisiche, e di speculazioni, le quali vere o false che sieno, niuno influsso portano seco sopra le umane azioni. Ma non son già da tollerare quegli altri, che a dirittura, o per le lor conseguenze possono tornar in danno della religione, della sanità degli uomini, o del retto governo politico, o che in altra maniera aprono l'adito alla corruttela de' costumi e all'iniquità. Merci sì perniciose o pericolose, come mai tollerarle nel commerzio del mondo? E pure chiunque non è forestiere negli affari della religione, della filosofia, e della politica, sa quanti di tali sistemi si sieno fabbricati ne' due prossimi passati secoli, ed anche nel presente in Germania, in Olanda, e sopra tutto in Inghilterra, dove è permesso ad ognuno di delirare in quistioni di somma importanza. Si è veduta nascere fin la setta empia de' materialisti, che non riconoscono se non la materia del mondo, confondendo in essa anche lo stesso Dio e la ridicola degl'idealisti, che sembra non ammettere materia, ma solamente idee, con somma vergogna di questi ultimi tempi. Si vede anche saltar fuori chi pretese ben fondata la pitagorica trasmigrazion delle anime. Tanto si è gridato contra l'ignoranza de' secoli barbarici: ecco il bel frutto de' secoli che noi teniamo per tanto illuminati, e ornati di sapere. Abbiam purtroppo veduto nascere anche a' dì nostri gran copia di sognatori e visionarj non solamente nella filosofia, ma anche nella teologia. I troppi ceppi all'umano ingegno certamente producono de i mali effetti; ma non ci è paragone co' disordini, che provengono dagl'ingegni lasciati affatto senza freno, e che truovano poi nella lor fantasia tutto quel che desiderano; e in vece di accomodare i lor pensieri al mondo, vogliono che Dio e il mondo si accomodi a i lor pensieri, o sia alle loro immaginazioni. La stessa metafisica, che pure è scienza nobilissima, si vede alle volte portata a tante astrazioni e sottigliezze, proposte con cifre tali, cioè con termini sì astrusi, che sembrano non dirò lavorieri fatti nelle nuvole (il che in fine poco importa) ma lavorieri, che bene intesi ed esaminati, d'empie conseguenze si scorgono fecondi.

Chieggo licenza da' signori medici per poter dire, che anch'essi più di quel che si crede, fanno de belli e grandi edifizj nel vasto paese della fantasia. A riserva di quel che loro ha insegnato l'occhio colla scorta della notomia e chirurgia, e si sa con certezza; ed eccettuati ancora i loro utili insegnamenti, per conservar colla dieta la sanità: poco ci resta del capitale del loro sapere curativo de' mali, che non sia fondato sopra l'immaginazione, allorché entrano nella pratica della lor arte, arte per altro degna di tant'onore. Abbondavano una volta i sistemi in queste professioni, e la nostra età né pur essa n'è priva, disputandosi tanto delle febbri, della digestione, del salasso, delle cagioni de' diversi mali, e delle virtù de' medicamenti. Se volete delle belle ed erudite lezioni di medicina, le troverete senza fatica ne' libri, nelle cattedre, e al letto de' poveri infermi. Ma quanto è poi diverso il destino della pratica da quelle erudite teoriche! Quando guariscono gl'infermi, se ne eccettuate gli effetti della china china, rade volte vi potranno essi medici dire, se le forze della natura, o pur quella de i lor recipe abbia atterrato quel malore, e restituita la sanità a chi in loro confida. E ciò perché bene spesso non già scuoprono nell'interno troppo scuro de' fluidi e solidi del corpo umano le cagioni e le mine de' mali, né qual preciso sicuro rimedio s'abbia da applicare alla sconcertata armonia di questa mirabil macchina, e molto meno allorché si tratta di mali assai gravi. Tutto quel dunque, che vien pratticato da non pochi medici, si riduce a pescar nella propria fantasia ciò, che potrebbe essere, e ciò che potrebbe giovare, perscrivendo poi que' medicamenti, che son creduti più proprj, ma per lo più han fondata la lor efficacia e virtù nella sola medesima immaginazione, e che per disavventura talvolta a nulla servono, o se giovano per un effetto, possono poi nuocere per un altro. Il peggio è (e bisogna pur confessarlo, perché né pur lo niegano gli stessi medici sinceri) che l'arte loro istituita per guarire i mortali da questo o da quel male, può disavvedutamente liberarli da tutti con abbreviar la vita di chi forse senza di loro l'avrebbe prolungata. Alcuni abboriscono affatto il salasso, altri l'esercitano tanto, che svenano le persone. Forse i primi non salvano chi potea guarire; forse gli altri fan perire chi sarebbe ancor vivo. Però è da pregar Dio, che ad ognun di noi tocchi alcun di que' prudenti medici, de' quali ogni città suole averne più d'uno, che sanno secondar la natura, e non già imbrogliarla o snervarla co i lor medicamenti e salassi, di modo che l'ajutino, se è possibile, a risorgere: giacché niuno di noi ha da pretendere di vivere sulla terra per de i secoli, essendo impostura lo spacciar segreti per questo, e pazzia il prestarvi fede. Il medico franzese Pecquet, celebre per alcune scoperte di notomia, era sì ghiotto dell'acqua di vita o sia di vite, che non solo puzzava sempre a cagion d'essa, ma la predicava agli amici per un rimedio contro tutti i mali. Volete altro? Questa acqua di vita, (che così la chiamano i franzesi) per lui si convertì in un'acqua di morte; e lo stesso suol anche accadere a tanti altri bevitori di questo dolce veleno. Egli affrettò a se stesso il fine de' suoi giorni, e furono poi trovate le viscere sue come bruciate dal fuoco liquido d'esso liquore. Un medico, che ha saputo ammazzar se stesso, dubitarei forte io, che avesse mandato più d'uno innanzi a sé all'altra vita. Non mancano libri composti da i medici stessi in discredito della lor professione, e massimamente l'opera dell'italiano Leonardo da Capoa, e quella di Gedeone Herveo inglese de vanitatibus, dolis, & mendaciis medicorum. Ma in que' libri non son compresi i medici saggi, e studiosi della lor nobil arte, i quali possono ajutar ne' morbi la natura; e quando anche ajutar non la possano, almen sanno non nuocere.

CAPITOLO XVII

Del commerzio dell'anima col corpo,
e della concupiscenza dell'uomo.

Essendo formato l'uomo di due sì diverse sostanze, cioè dell'anima ragionevole, indivisibile, e puro spirito immateriale; e del corpo, cioè di una macchina artificiosa, tutta di materia divisibile: i filosofi, che conoscono il commerzio quotidiano, che passa fra questi due componenti, finché stanno insieme uniti, si mettono poi curiosamente a cercare, come questa materia organizzata muova l'anima, e vicendevolmente l'anima muova il corpo. Che un corpo messo in moto partecipi questo suo movimento ad un altro corpo, non è sì facile ad intendere. Tuttavia si va sufficientemente spiegando in considerar le leggi e forze della meccanica. Ma che un corpo muova uno spirito, che non ha parti: e che uno spirito dia moto ad un corpo, che ha una natural quiete e resistenza: non si sa intendere la maniera, e tuttavia sì fatta quistione è scura. Hanno gli aristotelici immaginato un influsso fisico fra l'anima e il corpo. Meglio fatto credette il Descartes di ricorrere qui alla divinità, figurandosi, che la volontà di Dio intervenga in forma particolare a qualsivoglia movimento fra il corpo e l'anima, rifondendo perciò in Dio, e non già in noi, la forza motrice di questi due principj. E questo si noma il sistema delle cagioni occasionali, che il padre Malebranche sottilizzando accrebbe con immaginare, che noi miriamo nello stesso Dio le idee delle cose. Venne il Leibnizio, che rigettati questi due sistemi, inventò quello dell'armonia prestabilita, con figurarsi, che formandosi pensieri nell'anima, da lui chiamata automa spirituale, nel medesimo punto si facciano dei movimenti nel corpo, non per alcuno impulso dell'una sostanza sull'altra, ma per la determinazion precedente di questa armonia già stabilita dal divino artefice nel principio e sin dalla creazione del mondo. Qual di questi tre sistemi sia da preferire, non è qui luogo di cercarlo. Forse niun di essi può appagare. Contra del primo han suscitate i moderni tante difficultà, che oggidì non ha più spaccio. Quello del Descartes vien creduto, come dicevano gli antichi, Deus in machina, essendo facile ad ognuno, l'immaginar Dio a dirittura operante ciò, che noi non sappiamo spiegare negli arcani della natura. L'armonia poi prestabilita del Leibnizio ha trovato tanti contradittori, pretendenti infino, che con essa si tolga la libertà dell'arbitrio, e si cada nel baratro dell'empio Spinosa, che lo stesso Wolfio, gran settatore del Leibnizio, non si è attentato di professar chiaramente un tal sistema, ancorché altri creda, aver egli con termini equivalenti insegnata la sentenza medesima.

Qui a me altro non appartiene, che di solamente esporre qual funzione ed ufizio abbia la fantasia nel commerzio fra l'anima ed il corpo. Si può con ragione appellar la fantasia la più nobile ed importante parte del corpo umano, perché con essa lo spirito nostro tratta continuamente tanto nella veglia, che nei sogni. Se gli organi della sensazione portano al cerebro l'idea delle cose materiali, e delle varie modificazioni, azioni, e passioni tanto dei corpi animati, che degl'inanimati: l'anima tosto apprende quelle idee. E solendo queste rimaner impresse nella fantasia, l'anima poi leggendo quel libro, sceglie quelle, che le occorrono pel ragionamento, sa combinarle insieme, può formare anch'essa delle nuove e delle puramente spirituali, col raziocinio, coll'astraere, e con altri effetti della sua mirabil potenza. Figuratevi l'anima stessa simile ad uno, che sta in luogo alto alla vedetta, e può osservar tanti e così varj oggetti, ora uno ora l'altro, che stanno al basso e all'intorno, e i movimenti di questa o di quella persona. Tutto ciò, che costui mirerebbe in vasto spazio, l'anima lo rimira in un picciolissimo: che tale è la fantasia. Noi non facciam riflessione ad uno, che pure dee dirsi mirabil lavoro dell'arte e della natura, e di cui abbiam l'obbligo a chi tutto fece con una sola parola: cioè agli specchi di cristallo, e ad altri corpi lisci, e all'acqua stessa, che possono riflettere la luce. Se ad essi si affaccia qualunque oggetto illuminato: eccoti subito comparire in quello specchio l'immagine sua colle sue proporzioni e colori, talvolta al naturale, ovvero ridotta in compendio. Lo stesso abbiam già veduto accadere nella fantasia, in cui portata dagli spiriti dei nervi sensorj si va ad imprimere un'infinità d'immagini, delle quali poi si serve l'anima per le funzioni sue, leggendo in quello specchio, tanto più maraviglioso degli specchi artifiziali, perché in sì picciolo sito raccoglie sì sterminata copia d'idee sensibili ed intellettuali. Questo è il commerzio, che fa l'anima col corpo, e lo fa per mezzi naturali, cioè con quegli strumenti, e quelle virtù, che Dio nel fabbricare il corpo umano, e nel congiungere seco una sostanza di dignità tanto superiore, come è l'anima ragionevole, diede all'uno e all'altra, acciocché unitamente, l'uno servendo, e l'altra comandando, operassero ciò, che si conviene all'uomo. Dio, che è intelligenza infinita, nel formar noi ad immagine e similitudine sua, conferì ancora all'anima nostra una particella della facoltà di pensare, intendere, raziocinare, e far altre azioni competenti solamente ad una sostanza spirituale ed intelligente. Ma niuna necessità par che vi sia di un particolare ajuto di esso Creatore a i moti dell'umana volontà, posto sempre l'ajuto ed influsso universale, per cui Dio conserva le cose create, e concorre a tutti i movimenti delle creature animate ed inanimate; e noi non dobbiamo senza necessità moltiplicare gli enti. Non si troverà implicanza alcuna in dire, che Dio nel crear le anime nostre, abbia loro compartita un'intrinseca forza di muovere ad alcune funzioni il corpo, suo compagno, o servo che sia, giacché ancor questa è una porzione del privilegio del libero arbitrio, di cui egli l'ha arricchita. E se non intendiamo questa forza, come ci par d'intendere quella dei corpi mossi, che muovono gli altri; né si toglie la difficoltà con dire, ch'ella si serve da alcuni sottilissimi spiriti: che importa? Tante altre cose dell'anima nostra le troviamo scurissime, e pur son vere. Certamente lo stesso Dio è uno spirito, e ciò non ostante muove a suo talento i corpi. Oh si dirà, questo farsi da lui colla sua onnipotenza. Ma si torna a ricordare ch'egli in volendo formar l'uomo ad immagine e similitudine sua, è da credere, che avrà anche compartita una particella della sua potenza alla di lui anima, tanto per intendere e raziocinare, quanto per comandare al corpo destinato a servirla. Se poi l'anima comandi a dirittura ai nervi, ovvero eserciti il suo despotismo per mezzo della fantasia, motrice possente del corpo nostro, per la communicazione, che il cerebro ha col cuore e con tutti i nervi: nol saprei dire.

Ben so, che quando vegliamo, passa un continuo commerzio fra l'anima e la fantasia; e si è anche veduto, che qualora sognamo, comunicano insieme queste due potenze, ma in maniera diversa. Ora perché ho detto di sopra, che la concupiscenza nostra ha sua sede nella fantasia, convien ora spiegar questo. Si dà concupiscenza buona, ed è allorché desideriamo secondo la retta ragione cose naturali o sopranaturali. Con ragione amiamo il nostro corpo, i cibi, i comodi della vita, e così discorrendo. Qualora nondimeno si nomina concupiscenza, o si dice concupiscenza della carne, noi intendiamo un male e difetto, che nel presente stato è in noi, perché combatte bene spesso collo spirito, cioè contro le leggi interne della nostra ragione. Si dee intanto ripetere, che il corpo o sia la carne, perché materia, non è capace di desiderare. Questo appartiene alla sola anima, in cui riconosciamo la volontà, e gli appetiti innati, che dovrebbero sempre portarci al bene, ma che per miseria e colpa nostra ci portano anche al male. Sogliono i filosofi assegnar nell'anima una parte superiore, ove dicono stare l'appetito ragionevole, e l'inferiore, a cui attribuiscono l'appetito sensitivo. Tutte immaginazioni. L'anima non ha parti, l'anima è una sostanza semplicissima & indivisibile. La stessa in vigore della sua libertà, ora saggiamente elegge e vuole il bene, ed ora stoltamente vuole il male, credendolo bene. Né può la division di appetito in ragionevole e sensitivo dirsi adeguata, perché possiamo anche appetir le cose sensibili con ragionevole appetito. Come ciò succeda, non sarà difficile il chiarirlo, coll'osservare attentamente i movimenti interni del nostro pensare e volere. Allorché i sensi rapportano alla nostra fantasia le immagini delle cose sottoposte alla loro giurisdizione, l'anima non può far di meno di non essere avvisata di quell'oggetto. Imperoché, siccome osservò dopo Epicarmo anche Cicerone nel primo libro delle Tusculane, e come insegnano altri saggi filosofi, non è il senso, non è la fantasia, ma bensì l'anima, che ode, che vede, che gusta, che odora, che tocca. Se nulla a noi importa l'idea di quell'oggetto, niuna riflession di ordinario vi facciamo sopra. Ma se ha qualche menoma attinenza a noi, e ai nostri pensieri, l'anima per lo più prontamente riflette, e giudica, se esso è dilettevole o spiacevole, se vero o falso, se bello o brutto, se utile o disutile, se giovevole o nocivo: il che facendo, attacca alla suddetta idea quell'attributo, ch'essa ha con ragione, o pur con errore, ravvisato in tale oggetto. Perché la bellezza e l'utilità sogliono produrre diletto e piacere, perciò l'anima facilmente passa ad appetire, cioè a desiderare quell'oggetto, ora con picciolo, ed ora con gran movimento, a proporzion del maggiore o minor piacere ed utilità, che ne può venire, e della maggiore o minor facilità di conseguirlo. Essendo impressa nella fantasia una tale idea con gli aggiunti ad essa fatti dal giudizio o retto o erroneo della mente: naturalmente avviene, che ogni qualvolta essa torna davanti al guado dell'anima, si risveglia sempre l'appetito. Anzi allorché, siccome altrove abbiam detto, si spera dal possesso di quell'oggetto sensibile un gran bene, questo fantasma non lascia, per così dire, giammai in posa l'anima, tantoché la medesima dal desiderio, che è un volere incoato, passa al volere assoluto, se si tratta di cosa, che sia in mano nostra di fare od ottenere; o pure a cercar tutti i mezzi per conseguire quel fine. L'anima è quella, che appetisce, ma non è picciolo l'influsso della fantasia per muoverla a tali appetiti. Un contrario movimento, cioè avversione, o odio, succede poi, se gli oggetti sensibili rapportati all'anima si scorgono da essa per brutti o nocivi. Gli aristotelici hanno ideata nell'anima la concupiscibile per gli primi movimenti del piacere, e l'irascibile per questi altri dell'avversione.

Ma la teologica concupiscenza abbraccia tutti e due questi contrarj movimenti dell'anima. E perciocché sappiamo, che essa ci sollecita a desiderj peccaminosi, ed azioni sconvenevoli alla dignità dell'uomo, ed opposti agl'insegnamenti della religion naturale e rivelata, e purtroppo sentiam tutti entro di noi questo brutto pendio; convien ora volgere gli occhi non meno all'anima, che alla fantasia nostra. Secondo gl'insegnamenti della santa religione, che professiamo, nella natura innocente l'anima umana, avendo ricevuto da Dio forze grandi, comandava pienamente alla fantasia; e chiaramente imbevuta dell'onestà delle cose ed azioni, e in oltre spinta dall'inclinazione al solo vero bene, niuno impulso grave sentiva dalle immagini rappresentate da i sensi. Ma nella natura corrotta è di troppo scemato il vigor dell'anima nostra, calato il conoscimento e l'amore del bene onesto, ed è cresciuto il pendio verso il bene utile e dilettevole, che facilmente riconosciamo negli oggetti sensibili, a noi rappresentati dalla fantasia. Pertanto questa nostra inclinazione alle cose sensibili, e la facilità ad appetirle, senza por mente, o senza far caso, se ciò, che apporta utile o diletto, sia anche onesto, si chiama concupiscenza; e per vincerla e per regolarla, abbiam tutti bisogno dell'ajuto speziale di Dio. Ma benché la concupiscenza sia una modificazione o movimento dell'anima, gran parte nondimeno ha la fantasia nostra in eccitarla, talmente che, siccome dicemmo di sopra, si può ella appellare il mantice della concupiscenza viziosa. Qual forza abbiano, cioè qual impulso dieno alla mente nostra le immagini delle cose sensibili, ove sieno corteggiate dall'attributo di una grande utilità o voluttà corporea, troppe pruove ed esempi ne abbiamo. Né altro son quelle, che il cristiano chiama tentazioni, se non l'impulso di queste immagini. Al loro aspetto l'anima si mette in agitazione, e un gagliardo appetito si sveglia di ottenere quel dilettevole o lucroso oggetto; ed accade, che nulla si pensa, se onesta sia ed approvata dalla ragione quella tale azione, né se possa nuocere alla sanità, alla riputazione, o a gl'interessi domestici, né se sia contraria alla legge di Dio. E quando anche la mente ecciti queste riflessioni & idee, pure l'appetito gagliardamente commosso va innanzi, e vuole quel creduto bene, ancorché la mente gliel rappresenti per vero male. E tanto più grave riesce l'impulso delle idee sensibili, se l'abito v'interviene, facendo l'uomo con facilità quello, ch'è usato a fare. Datemi un abituato coi compagni all'osteria, o in possesso di qualche lascivo amore, o dedito al giuoco, al furto, o avvezzo a giudicar male del prossimo: basta che si presenti quell'idea, perché l'appetito corra ad appagarsi, se può. Ma qualor si tratta di azioni riprovate dalla religione, o dalla retta ragione, chi non sa, niuno essere scusato da colpa o peccato? perché essendo sempre in potere dell'anima, il sospendere l'elezione o sia la volizione, per ascoltar la voce della ragione, ed esaminar la risoluzione, che si è per prendere, noi nulla badandovi, eleggiam quello, che si avrebbe a rigettare e vilipendere. Nel che i giovani, perché forniti molto di fantasia vivace, e poco di prudenza, son più degli altri esposti a prevaricare con aggravio della lor coscienza davanti a Dio, o con perdita della lor sanità, o col dissipamento delle lor sostanze, e in fine con tirarsi addosso il biasimo di tutti i buoni e saggi. Vi ha poi di quelli, che son sempre giovani in tutto il corso della lor vita. Ed ecco il principal de' mali, che può recar la vivace e focosa fantasia dell'uomo, che non istia ben in guardia di sé stesso.

CAPITOLO XVIII

Della necessità di ben regolare e correggere
la nostra fantasia, e degli ajuti, che a ciò può prestare
la filosofia razionale.

Per poco che si consideri l'intera economia dell'uomo, noi troviamo, che i nostri errori s'hanno da riferire all'intelletto nostro, i peccati alla nostra volontà, e non già alla fantasia, né a i sensi. Essendo la fantasia una facoltà passiva, riceve qualunque fantasma & idea, che in lei venga impressa da i sensi e dalla mente, senza conoscere, se sieno veri o falsi, probabili o improbabili, moralmente buoni o cattivi; perché tal disanima e cognizione è riserbata all'anima, o sia alla mente stessa. Appresso chiara cosa è, che fra le cose, onde l'universo è composto, infinite di esse contengono verità e certezza, essendo ridicole in ciò le pretensioni de' pirronisti, e di queste abbondano tutte le scienze ed arti, che lecitamente e lodevolmente si studiano o si esercitano da i mortali. Similmente vi ha una innumerabil copia di altre cose, che son ristrette nel regno dell'opinione, cioè, che non son certe, ma solamente più o men verisimili e probabili. E finalmente possono trovarsi assaissime nozioni ed opinioni, che son false: non contenendo esse né pure l'apparenza della verità. Si può dire, che non vi ha arte o scienza, in cui non s'incontri questa triplice schiera d'idee, né ci è umana fantasia alcuna, che oltre alle idee certe, ed oltre a tante opinioni, non abbia abbracciato, o tuttavia non abbracci qualche idea, che facilmente si può convincere di falso. A questo influsso spezialmente sono soggetti gl'ignoranti, e però in questo proposito merita di essere letto il Trattato degli errori popolari, composto dall'inglese Tommaso Frown. Di qualunque sorta poi sieno le nostre idee, o venute per via de' sensi, o procedenti dall'intelletto, l'uomo forma i suoi raziocinj o giusti o sofistici, e secondo essi passa ad operare.

Ora per quanto io abbia detto ne' precedenti capitoli, non ho abbastanza fatto conoscere, come necessario sia a chiunque ama la sapienza di ben regolare e rettificare, il più che si possa, le idee impresse nella propria fantasia, per risparmiare a se stesso una gran copia di errori, di peccati, e di gravi perturbazioni dell'animo suo. Questa è l'importante conclusione dell'operetta, che ora presento a i lettori. Tutto dì si compongono libri; dello sterminato lor numero n'è quasi oppressa la repubblica. Ma bisognerebbe mettersi in testa una verità. Cioè, che il cercar tutto quello, che tende a perfezionar l'animo nostro, ed incaminarci alla virtù, e a proccurrare o poco o molto la nostra pubblica utilità e felicità nella forma, che può competere al presente stato nostro, dovrebbe essere il principale istituto dell'uomo. Il resto degli studj nol biasimo io già, pure quando sia fatto per sola ostentazion d'ingegno, e nulla serva al comodo, ed uso della vita umana, può essere o vanità o superfluità. E caso mai che tendesse a sovvertir l'animo, e massimamente se a rendere l'uomo moralmente cattivo; farà un'iniquità degna del comune odio, ed anche di gastigo. A fin dunque di dare un buon sistema alla nostra fantasia, convien prima mettere in buon sesto la mente e la volontà nostra, siccome sorgenti proprie de' nostri errori e peccati. Ben regolate che queste sieno, allora facile è tenere in briglia il vigore della fantasia, e il non lasciarsi trasportare da essa ad azioni indecenti o nocive a noi stessi, e ad altri. E qui fra i molti studj, che possono servire di medicina alla mente nostra non proporrò se non i tre più importanti e principali, cioè la filosofia razionale, che insegna a ben pensare e raziocinare; la filosofia morale, che ammaestra per vivere bene; e la filosofia cristiana, che è il compimento della sapienza, perché insegna a vivere beatamente anche dopo il corso di questa vita terrena.

Quanto alla prima, evidente cosa è, che operando noi a tenore delle idee, che abbiamo in capo, se queste sono erronee o false, esse si tireran dietro non pochi altri errori d'intelletto e di azione, finché sieno dissipate o corrette dalla ragione. Ora appartiene a questa filosofia, che si chiama razionale, l'istruire la nostra mente, acciocché si guardi dal falso, e per quanto mai si può, discerna il vero, o almeno il più verisimile delle cose. Ella ci prescrive le regole, per esaminar la sodezza o apparenza delle medesime cose; qual raziocinio sia bene o mal fondato nelle premesse o nelle conseguenze; come sia diversa dalla scienza l'opinione, e quanti gradi si dieno dell'opinione medesima. Chi sa ben valersi de' suoi lumi, può sperar di schivare molti falli ed inganni nell'operare, e varie perturbazioni di animo a noi talvolta cagionate da i vani fantasmi, che senza esami abbiamo appreso da altri, ovvero formati col diffettoso nostro raziocinare. Applichiamoci dunque di tanto in tanto a considerare, se l'idee impresse nella nostra fantasia sieno vere o false, e se l'opinione abbia accresciuti, sminuiti, o alterati gli attributi delle cose. Quando non intervenga nel cerebro quel disordine, che appelliamo insania, o pazzia, la mente usando il buon criterio suggerito dalla filosofia suddetta, può facilmente giungere ad emendare e rettificare molti de' nostri sregolati fantasmi. Fra questi alcuni ci sono di poca o niuna conseguenza, come le opinioni concernenti i primi principj delle cose fisiche, le vere definizioni del tempo e dello spazio, la quantità del moto nell'universo, la divisibilità della materia in infinito, il vacuo, e simili altre questioni, delle quali si fa cotanto strepito nelle scuole, e mai non si arriva ad una incontrastabil conclusione. Meglio è il conoscere quel più di verisimile, che si può, in sì fatte ricerche; ma l'averne anche delle false o inverisimili idee, contuttoché non sia bene, non è però un male, onde ne derivi alcun male al pubblico o al privato, se pur non si piantassero de' filosofici principj, che andassero a ferire quei della religione. Così il credere le qualità inerenti ne' corpi, quando veramente son da dire percezione e sensazioni dell'anima (della quale scoperta cotanto si gloriano i cartesiani) non si sono accorti finora i peripatetici, che abbia recato alcuno sconcerto al mondo. Ma è facile che si dieno, e in fatti si danno tante altre idee ingannevoli, ed insussistenti, che possono terminare in danno dell'anima nostra, della nostra sanità, de' nostri affari, e, se non altro, cagionare in noi degli affanni, che è bene il risparmiare.

Datemi un fantasma, al cui aspetto, cioè alla cui ricordanza l'anima si suol muovere a timore. Forse coll'idea di quell'oggetto avea prima la mente senza esame e dissavvedutamente unita l'idea del terrore. Finché in tale stato dura quel fantasma, in mirando l'anima si ha da sentir mossa a paventar qualche danno o male contrario all'amor proprio. Ma esaminatene una volta con attenzione l'origine e gli attributi. Se si truova vera e sussistente la ragion di temerne, in tal caso convien cercare i mezzi, se pur ci sono, di schivar quel danno, per più non temerne. O pur verrete a scoprire, che l'idea aggiuntavi della terribilità era vana, e che senza ragione si affliggeva l'anima per la vista o considerazion di quell'oggetto: con che resterà corretto quel fantasma, e liberata l'anima da un molesto affanno. Tanto più poi questo è facile, qualora né pur sussista l'oggetto. Truovasi talvolta in testa di persone anche non dozzinali, e più nella plebe, che nella tal casa, in certo crociale, o in altri luoghi si odano strepiti sopranaturali, o si veggano spettri notturni. Basta che un lo dica, perché se ne dilati la credenza, e se ne aumenti il timore. Ma sussistono questi oggetti? Signor no. Se ne accerterà solamente chi non ha paura, perché la paura sola è, che li fa nascere, e li mantiene. Chi poi è imbevuto delle dicerie di alcuni antichissimi ed anche moderni scrittori, al mirare una cometa, sente svegliarsi subito in suo cuore la passion del timore, perché con quella idea va congiunta la persuasione, che un tal fenomeno predica qualche pubblica grave disavventura. Altrettanto fa, chi è entrato nell'anno climatterico. Ogniqualvoltaché si affaccia alla mente questo fantasma, sempre è atto ad eccitar la malinconia, perché ad esso è attaccata l'idea, che questo sia anno pericoloso e fatale alla vita dell'uomo. Ma se la mente farà riflessione a i fondamenti vani della popolare opinione intorno alle comete, e alle ragioni di tanti scrittori assennati, comprovanti, che quei sono non istraordinarj, ma ordinati e stabili fenomeni della ragion celeste, e nulla aver essi a che fare sopra le azioni libere ed avventure de' mortali; e che i pericoli dell'anno climatterico son tutti ideali e sognati: allora cesseranno questi indiscreti fantasmi di recar molestia all'anima, e il saggio se ne riderà. Ma noi alle volte non siam da meno de' fanciullini, che al mirare o un moro od anche un truffaldino con quella maschera nera e deforme, ne concepiscono tosto orrore ed avversione; perché la lor mente, incapace allora di esame e riflessione, immediatamente giudica, quello essere non solamente un brutto, ma anche un nocivo oggetto. E se la madre vorrà far paura da lì innanzi al figliuolo, basterà che gli risvegli l'idea, o sia la memoria di quel brutto ceffo, che nella di lui fantasia va congiunta coll'attributo del terrore. Il primo dunque potente mezzo per guardare la mente nostra dagl'inganni e dalle false opinioni & idee, o per ajutarla a deporle, consiste nello studio e nella pratica di quella saggia filosofia, che prescrive le regole di ben raziocinare e giudicar delle cose, e ci dà a conoscere la diversità delle idee, parte vere, parte confuse o dubbiose, e parte false, e talvolta ancora ridicole. Serve questa per dirigere essa mente non solo nell'esame delle materie scientifiche, ma anche per l'uso e commerzio della vita, cioè per ben regolare le nostre determinazioni ed azioni, riguardanti la sanità, gl'interessi civili, ed anche la coscienza di chi aspira, e tutti dobbiamo spirare alla beata eternità.

Se ricorrete alla scuola peripatetica, certamente vi somministra essa de' bei lumi per formare i retti raziocinj, e per iscoprire i nostri e gli altrui sofismi. Ma ivi trovate anche sì utile materia infrascata da molte disutili quistioni, e sottigliezze, l'imparar le quali, e il nulla imparare è lo stesso. E poi dovendo noi fare gran capitale del tempo, cosa sommamente preziosa per la corta vita dell'uomo, perché perderlo dietro alla pesca di sole vesiche? Gli ultimi tempi han prodotto in questo genere de' libri migliori, e di metodo più profittevole e spedito. Abbiamo la Ricerca della verità del padre Malebranche; l'Arte di pensare; la Logica del Fardella, e del Crousaz, e quella del p. Eduardo Corsini pubblico lettore di Pisa; le Istituzioni della filosofia razionale del signor de Soria, anch'esso pubblico lettore di Pisa: la Medicina della mente e del corpo del Tscirnao; un opuscolo postumo del Descartes intorno alle Regole per dirigere l'ingegno: l'Organo degli organi dell'Hansch: ed altri simili libri. Chi non gli ha studiati da giovane, anche vecchio impiegherà bene il suo tempo in leggerli, ed impararne le massime: ma spezialmente utili saran quelle filosofie, che ci conducono a riconoscere Dio, perché questo è il primo anello delle nostre utili cognizioni, dipendendo particolarmente da questo l'altro sommamente importante punto dell'immortalità dell'anima umana. Non ci riuscirà di stabilire con incontrastabil sentenza i primi principj intrinseci delle cose fisiche: poco ciò importa alla vita umana. Importa bensì l'assodar nella mente nostra la conoscenza e credenza del primo indubitato principio e cagion di ogni cosa, contemplandolo sopra tutto ed ammirandolo in tante sue maravigliose creature: via la più facile, ed anche sicura per trovarlo. Se sarà ben regolata la mente nostra, la fantasia non riceverà, se non le idee ben ordinate e lontane dalla falsità, o correggerà le già imprudentemente ricevute & adottate e si giugnerà a distinguere l'apparenza dalla realtà delle cose. Cioè si risparmieran moltissimi errori ed immagini, procedenti appunto dal disordine e dalla falsità delle idee, ivi da i sensi e dalla mente senza il dovuto esame impresse.

CAPITOLO XIX

**Della filosofia morale e delle filosofia cristiana,
mezzi per ben regolare la nostra fantasia.**

Se importante è lo studio della buona filosofia razionale, per arricchirci delle idee del vero e del verisimile, non è di minor pregio e rilievo la filosofia morale, per provvederci delle idee del buono spettante ai costumi e alle azioni nostre. Poco ci vuole a discernere, che sregolata e deforme creatura sia un uomo, che si lascia vincere da bestiali appetiti, da malnate passioni, e si dà in preda ai vizj, perché seriamente riflettendovi, tosto si scuopre, che i vizj e le disordinate operazioni vanno a terminare in danno della buona fama, o della sanità, o delle sostanze nostre, o pure apportano nocumento al prossimo nostro, o alla repubblica, in cui viviamo. Se il primo, chi non vede la nostra pazzia, mentre operiamo contro le giuste naturali leggi del nostro amor proprio, che c'ispirano il far del bene e non del male a noi stessi? Se il secondo, facile è il ravvisare la nostra bestialità, perché come mai scusare d'ingiustizia ed iniquità il nuocere agli altri, quando conosciamo per cosa tanto giusta, che gli altri non nuocano a noi stessi? Ora osservate, da che procedano i perversi nostri costumi. Già si è veduto, che le idee della cose sensibili, riconosciute dalla mente per utili o dilettevoli, ma senza esaminare, se sieno anche oneste, commuovono forte gli appetiti, o sia la concupiscenza nostra; e tale è la lor forza impulsiva, che l'anima corre ad operar quello, che non dovrebbe, perché contrario alla retta ragione. Conosciamo ancora per lo più, mancare l'onestà all'azione, verso cui siamo spinti, e pur la vogliamo ed eleggiamo; e ciò perché l'anima agitata dal focoso presente fantasma, benché potesse e dovesse sospendere e frenare il suo moto, per dar tempo alla mente di ben riflettere alle cattive conseguenze della proposta azione: pure va innanzi, e si lascia trasportare ad eseguirla. Come dunque abbiam noi da rimediare a questi perniciosi impulsi della fantasia?

A ciò mirabilmente può giovare il suddetto studio della Filosofia dei costumi, il cui ufizio è di farci comprendere le ruote interne, che muovono l'uomo alle azioni moralmente buone o cattive, cioè gli appetiti e le passioni, e le forze e i doveri del libero nostro arbitrio; e qual fine abbia da prescrivere il saggio a se stesso; e ciò che porta il carattere di vizio per fuggirlo, di virtù per seguitarlo; e i lodevoli mezzi per impedire, che i suddetti appetiti ed effetti non ci rapiscano al male, cioè ad azioni riprovate dalla religion naturale, e molto più alla rilevata. Purtroppo noi miriam tuttodì i maligni effetti della potenza, delle ricchezze, della bellezza, dell'amore delle voluttà corporee, della gloria, e tanti altri disordini delle nostre passioni. Non è già, che queste, e tali commozioni dell'anima nostra sieno per se stesse cattive. Noi le facciam divenir tali per l'abuso, che ne facciamo col non conformarle ai dettami della retta ragione. Ma ecco la filosofia suddetta, che vien ad insegnarci di ben regolar la mente e volontà nell'elezione degli oggetti sensibili, e di frenar l'empito delle passioni, facendo servire gli appetiti e le passioni stesse al nostro vero bene: laddove se si lasciano senza briglia, non servono che al nostro male. Questa filosofia ci viene in parte ispirata dalla natura, perché naturalmente riflettendo alle azioni, ravvisiamo per lo più in esse delle deformità, o dell'ordine e della bellezza. Parte l'acquistiamo dall'umano commercio, massimamente conversando coi saggi e buoni, i quali colle parole o colle azioni virtuose a noi servono di esempio e d'istruzione. Il compimento poi s'impara dai libri, che ex professo trattano così importante argomento. La ragione dataci da Dio, naturalmente ci provede qui di molti lumi, ma assai più ce ne può somministrare un trattato, saggiamente composto di questa materia. Non pochi di questi ne ha dati l'Italia; n'è stata feconda anche la Francia; ed uno ne ho pubblicato anch'io il quale bramerei che riuscisse di qualche utilità al pubblico: ora fate, che l'anima nostra mercé dei documenti di sì riguardevole scienza sia ben imbevuta di quel che conviene o disconviene a noi di operare, e che nella nostra fantasia ella abbia altamente impresse le massime & idee delle azioni belle di onestà e virtù, e le opposte sì deformi del vizio: non potremo già trattenere per questo i fantasmi incitanti ad opere cattive, che non si presentino focosamente davanti alla nostra mente; ma qualora eziandio siamo ben forniti d'idee contrarie, che ci rappresentino il brutto di esse, e il bello delle opere buone: allora è da sperare, che la forza di queste supererà l'impulso dell'altre. Chi è mal provveduto di queste lodevoli e salutevoli idee, sta in continuo pericolo di operar cose indecenti. Nulladimeno perché niuno ci è, che non abbia per l'interno dettame della ragione, e per la pratica del mondo, una general sufficiente cognizione del bene e

70

male morale, regolarmente perciò niuno va esente da colpa, allorché lascia il primo ed abbraccia il secondo. All'incontro ognun vede, che vantaggio abbia nei combattimenti della cattiva concupiscenza contro la ragione, chi ha imparate dalla sana filosofia le massime del retto operare, ed ha ben conficcate queste nobili idee nel cerebro suo. Svegliandosi queste (ed è obbligato ognuno a svegliarle al bisogno, e a ben considerarle) un potente ajuto si presta alla mente, per dirigere la risoluzion della volontà, mostrandole, essere conveniente alla ragione l'anteporre ciò ch'è ordinato; a quello che è disordinato; e che l'utilità, o la dilettazione, che può venire da una viziosa azione, dee credere all'utile e diletto, che risulta da un'azione virtuosa: giacché siccome abbiam detto più volte, i vizj e peccati si tirano dietro il danno, il dolore, il pentimento, laddove le opere di virtù sogliono produrre una stabile dilettazione ed utilità.

Tuttavia quantunque sia vero, che possono sommamente influire i lumi della moral filosofia a rettificar le nostre idee, o a reprimere gl'impulsi pericolosi delle idee delle cose sensibili; pure convien aggiungere, non bastar essi a rendere compiutamente saggi e buoni i mortali. Truovasi nella storia della gentilità filosofi, ed altri chiari personaggi ben addottrinati nella scuola filosofica, a i quali non mancarono molte virtù umane, e che con lodevoli opere segnalarono la vita loro. Ma niun di essi osserverete, che non fosse nel tempo stesso macchiato di pochi o molti vizj; e se coloro andavano diritto in una parte, zoppicavano poi forte in altre. Però la moral filosofia, per ben assodare i suoi fondamenti, abbisogna della religione, cioè della filosofia cristiana. Gli stessi filosofi pagani, che maggiormente si accreditarono per belle massime, o per la pratica delle virtù, quei furono, che esaltarono la religione, e conobbero la necessità di unirla colla lor filosofia, benché nell'una e nell'altra abbondassero i difetti. Non è già così della religione e divina filosofia de' cristiani, in cui troviamo la perfezione, e in oltre il pregio di essere alla portata di ognuno; di maniera che può facilmente impararla il dotto e l'ignorante, e non meno chi ha l'intelletto acuto, che chi l'ha ottuso. E ciò perché non ci vuol molto ad apprendere la brevità e chiarezza de' suoi documenti, e questi appresi, e ben fissati nel cuore e nel capo, si ha tutto quel che occorre per poter vivere virtuosamente in santificazione e giustizia tutto il tempo del nostro soggiorno sulla terra. Il simbolo degli apostoli non è già un gran libro, ma solamente la facciata di un libricciuolo. Meno ancora è il decalogo. Ed ecco in poco la filosofia de' cristiani, che anche ogni rozza persona, unita alla vera Chiesa di Dio, può intendere ed imparare a memoria, e valersene poi per la pratica del suo operare.

Ora datemi una persona, che vivamente creda, che ci è Dio autore e padrone del tutto, ed aver egli data all'uomo un'anima immortale: verità, delle quali c'istruisce anche la filosofia e religion naturale; ed incomparabilmente più ci assicura la religion rivelata. Fate, che capisca l'obbligazione di amare, adorare, e ubbidire quel gran Monarca e Padre nostro, invisibile sì a' nostri occhi, ma visibile in tante sue creature, perché da lui si ha da riconoscere il nostro essere, e tutto quel bene, che ora abbiamo, e che incomparabilmente più abbiam da sperare nell'altra vita, essendo egli per essenza sua rimuneratore de' buoni. Aggiungete ancora, che l'uomo intenda la necessità di temer questo sovrano padrone, la cui essenzial giustizia il porta a gastigare i cattivi se non in questa, certamente nell'altra vita. Finalmente fate, che l'uomo conosca e creda il benedetto nostro Salvatore, cioè il figliuolo di questo Dio, fatto uomo, e morto per nostro amore, per cui mezzo e merito a noi vengono tutti i beni sopranaturali in questo mondo, e una gloria immensa, se a lui saremo fedeli, verrà nell'altra vita. Ecco giunto l'uomo alla filosofia cristiana, eccolo provveduto di un'armeria d'idee, picciola sì, ma di tal forza ed attività, che può bastare a tenere in freno, e fare smontare tutto il vigore delle idee sensibili, dall'aspetto delle quali si sente l'anima commossa a quelle disordinate azioni, che noi appelliamo peccati; e sappiam, che dispiaccino a Dio. Figuratevi uomo o donna, la cui mente abbia ben concepita col solo ajuto della natural filosofia l'idea dell'onestà, imprimendola nella fantasia con tutti i bei colori, che la corteggiano, cioè come virtù commendata da ogni saggio, e tanto in fatti degna di lode; e i diversi buoni effetti, ch'essa produce, al contrario della disonestà, a cui tengono dietro tanti mali. Può essere, che questa sola idea sarà sufficiente a far fronte a tutte le tentazioni contrarie, vegnenti dall'impulso delle idee seduttrici, portate da' i sensi, cioè dalla vista de' corpi molto avvenenti, o dall'udito delle preghiere, delle lusinghe, o pur dall'esibizion di regali, o dalle promesse di molti vantaggi. Ma se a questa nobile idea dell'onestà si aggiugnerà la ferma persuasione, che tal virtù è sommamente amata e comandata da Dio, indubitato premiatore di chi osserva le giustissime sue leggi; e che per lo contrario l'impurità da lui odiata e condannata, ci fa perdere la di lui grazia e meritare i suoi castighi allora crescerà a dismisura la forza della mente per combattere contro le idee motrici della era concupiscenza; in guisa tale che o esse non ardiran di affacciarsi, o se pur si presenteranno al guardo dell'anima, facilmente ancora saranno accolte con abborrimento, e dileguate. Ma all'udire gli encomj della moral filosofia, e molto più al decantarsi qui l'energia della filosofia cristiana per vincere le per così dire segrete suggestioni al mal fare, procedenti dalla nostra fantasia, cade subito in pensiero a i lettori di chiedere, onde venga, che con tutti gli ajuti della religione di Cristo, pure s'incontrino dapertutto tanti cattivi uomini e tanti peccati. La risposta è riserbata al capitolo seguente.

CAPITOLO XX

Della cagioni fisiche degli insulti perniciosi
della fantasia, per quel che riguarda le azioni morali,
ed altri mezzi per frenarli.

Non ci è persona, che abbia la mente sana, non ci è filosofo di qualunque setta ch'ei sia, il quale non riconosca, che il vivere secondo la norma della virtù, è lo stato convenevole a chi ha avuto in parte sua la ragione, e desidera quella felicità, di cui è capace il mondo nostro mischiato di tanti guai; e che la vita de' viziosi è di troppo sconvenevole alla natura umana, e regolarmente conduce all'infelicità. Ma niuno altresì ci è, che non senta le difficultà ad essere buono, e la facilità a divenir cattivo. La cagione di ciò l'abbiamo dalla teologia cristiana. Ne abbiamo di sopra accennata anche l'origine fisica. Ora convien osservare (e l'osservò anche Orazio) essere minore per lo più l'impressione, che fanno nella fantasia le idee portate dall'organo dell'udito, che le procedenti dall'organo della vista. Quando anche non se ne sappia conoscere la cagione e la maniera, poco importa. Basta bene, che la sperienza ce ne assicuri. Il racconto della bellezza altrui, di una battaglia, della magnificenza di un monarca, certamente produce idee, che possono imprimersi vivamente nel cerebro nostro; ma non sarà mai tanta questa impressione, quanta ne verrebbe dell'oculare ispezione di que' medesimi oggetti. Oltre a ciò noi osserviamo un differente effetto nella stessa vista, perché se miriamo un oggetto reale, vanno le specie di esso a conficcarsi forte nel cerebro; ma non han già ugual forza quegli oggetti, se li vediamo solamente dipinti, o se ci vengano rappresentati in uno specchio, perché presto ne spariscono le specie, verificandosi ciò, che nella canonica sua Epistola scrisse san Giacomo appostolo, di chi considera vultum nativitatis suae in speculo. Consideravit enim & abiit, & statim, oblitus est, qualis fuerit. Delle cose parimente da noi vedute in sogno non si ritengono i vestigj, se pure non eccitassero un gagliardo terrore, o dilettazione nell'anima.

Quel che più merita qui considerazione, si è la notabil differenza, che passa tra le idee sensibili e le intellettuali. Possono queste a noi venire anche per via de' sensi, cioè o leggendo libri, o ascoltando i maestri; ma non perciò lasciano di essere intellettuali. I nervi degli occhi altro allora non fanno, che portare alla fantasia quelle lettere e parole; e i nervi degli orecchi altro non vi portano, che il suono di quelle parole. L'intelletto solo discerne poi ciò, che vien significato da quelle parole e voci. Ora se noi consultiamo l'operar degli uomini, troviamo, non aver bene spesso tanta forza impulsiva le idee mentali, quanta ne han le sensibili. Figuriamoci uno, che sappia e confessi la bellezza della virtù, la deformità del vizio; che abbia anche apprese i più nobili assiomi de' savj antichi e della moral filosofia, e conosca la ragionevolezza di tutte queste dottrine, ben avvertite dalla sua mente. Con tale apparato d'intellettuali idee dovremmo credere, che costui riporterà sempre vittoria contro le sensuali idee, incitanti lui alla lascivia, alla vendetta, a contratti di guadagno illecito, ad eccessi di gola. Così dovrebbe essere, e pur sovente è così. Aggiungasi, che chiunque professa la santa religione di Cristo, certamente ha una conveniente idea di Dio, del paradiso, e dell'inferno; sufficientemente sa, quali azioni dispiacciono al divino nostro Legislatore, e qual gastigo sia preparato a i violatori delle sue leggi. E pur tanti si ritruovano, che ad onta di queste salutevoli idee della verità e giustizia, delle quali è persuasa la lor mente, la dan vinta alle tentazioni, cioè si lasciano talvolta o spesso rapire a i peccati dalle idee provenienti da i sensi, dandosi anche in preda a i vizj, e dormendo in essi, tuttoché non lasci la coscienza, o sia la mente stessa di andarli avvertendo della sregolatezza di quel vivere, dell'ira di Dio, e de' presenti mali effetti dell'iniquità, e de' maggiori riserbati nell'altra vita. Che possano avere la stessa forza le idee intellettuali, che le sensibili, per muovere l'anima nostra alle operazioni, non credo, che alcuno lo possa negare, da che la sperienza ci fa veder tanti altri, che condotti solamente da gli assiomi della morale, o da i documenti della religione, che sono pascolo dell'intelletto, vivono saggiamente, vincendo tutte le suggestioni degli oggetti sensibili; ed altri seguono varie opinioni, anch'esse parti dell'intelletto operano in sì diverse maniere. Anzi maggior vigore dovrebbero sempre aver le idee formate dalla mente, che le apprese per via de' sensi, considerata la superiorità dell'anima rispetto al corpo. E pure, torno a dirlo, la pratica ci fa vedere il contrario.

Ora tre a mio credere sono le segrete fisiche cagioni, per le quali la fantasia può trarre l'anima ad eleggere i beni sensibili, benché riprovati dalla ragione e a noi nocivi, senza attenersi all'idee dell'intelletto, che ci dovrebbero dirigere, e possono illuminarci per eleggere il vero onesto bene. La prima è, che ne' beni sensibili, sieno utili o dilettevoli, non si dura fatica a tosto riconoscere l'utilità o la dilettazion, che ne può provenire. Appartiene certo alla mente il riconoscere negli oggetti i caratteri dell'utile e del dilettevole: ma ogni lieve pratica e sperienza delle cose sensibili ne può fare avvertita la mente. Osservate i fanciulli con quanta facilità imparino a conoscere per bene utile, l'aver denaro e regali, per cosa dilettevole la musica, i divertimenti, le belle vesti, e certi cibi e bevande. Così chi è cresciuto in età, agevolmente intende il diletto o l'utilità, che può risultare da certe azioni spettanti al tatto, dal posseder molta roba, dal comandare ad altri, e così discorrendo. L'uso ancor della vita ci fa del pari assai esperti a distinguere in tanti oggetti ciò, che è ingrato o nocivo. Non è già a noi così facile il discernere il bene onesto, cioè qual bene o utile o dilettevole convenga alla retta ragione, perché questo, siccome puramente intellettuale, esige raziocinio e speculazione: al qual mestiere molti son disadatti, alcuni quasi impotenti, ed altri per loro negligenza non li vogliono applicare, per non iscomodar la quiete del loro intelletto. Non è dunque da stupire, se noi facilmente corriamo ad eleggere quegli oggetti, che al primo aspetto ci promettono utilità o dilettazione, senza punto riflettere, se sia conforme alla ragione cotale elezione, e senza considerare le perniciose conseguenze, che ordinariamente tengono dietro alle azioni illecite. Colpa del nostro intelletto, che non fa il suo dovere, è quella biasimevol elezione, e non già della fantasia, la quale secondo le leggi della natura opera, anche quando ci rappresenta oggetti ed azioni riprovate dalle leggi della morale cristiana, ed anche della filosofia. A questo disordine massimamente son soggetti i giovani, perché in essi grande l'energia dell'immaginativa, feroci gli spiriti animali del corpo, e debole all'incontro la ragione, siccome gente mal provveduta di lumi, di sperienza, di freni. Voi perciò mirate questi sbrigliati polledri, senza fare riflessione alcuna alle cose cattive e alle pessime lor conseguenze, pricipitar nelle voragini della lascivia, lasciarsi portare dall'ira a pericolosi sconcerti, o dalla vanità o dal giuoco a scialacquar quelle sostanze, che non tornano più. In alcuni si vede fare naufragio nel medesimo tempo l'anima, la sanità, la riputazione, e la roba.

La seconda cagione dell'impulso delle idee sensibili consiste nella presenza degli oggetti, rappresentati in esse idee. Natural proprietà è questa delle nostre idee, sieno intellettuali o sensibili, che se l'oggetto di esse è lontano o di tempo o di luogo, non commuovono l'anima, cioè i nostri appetiti con quella gagliardia, che fa l'oggetto vicino o presente. Niun bisogno di pruove ha questa verità, perché tutto dì sperimentiamo, succedere in noi una viva apprensione delle cose presenti, superiore alla cagionata dalle lontane. Che se talun dicesse, darsi mercatanti, che fan lunghi viaggi, mossi dalla speranza di un guadagno lontano; e tanti, che si muovono dall'Europa per andare in cerca de i sì rimoti tesori dell'Indie: si ha da rispondere, che la grandezza di un bene lontano sperato può essere equivalente o superiore alla forza di un bene minore presente. E in oltre venire principalmente la commozion dell'appetito in questi tali non da i tesori lontani, ma dalla vista e dall'esempio di altri mercatanti e di altre persone, che si sono arricchite ne' viaggi suddetti. Il mirar la buona fortuna di costoro serve di sprone e d'incitamento a gli altri per un simile tentativo. Finalmente se a costoro fosse proposto, non dirò un eguale, ma anche un molto minor bene presente e facile a conseguirsi, lascerebbono tosto andare il lontano per attenersi al vicino. Ora molte delle idee puramente intellettuali ci rappresentano oggetti, che a noi sembrano assaissimi lungi da noi, e perciò non producono nell'anima nostra quella commozion, che viene dalla presenza delle cose. Ci può egli essere più efficace freno contro le tentazioni cioè contro gl'impulsi della nostra fantasia incitanti al male, che la memoria di quei, che appelliamo i novissimi dell'uomo? Pur questi per l'ordinario non fanno quell'impressione e frutto, che dovrebbono. Non per altro, se non perché l'inferno e il paradiso ce li figuriam lontani le migliaia di miglia; e noi sogliam lusingarci, che fra noi e la morte e il giudizio di Dio avrà a passare una ben lunga fila di anni. Nella stessa guisa perché l'utilità o il diletto proveniente da qualche rea azione è presente, ci solletica all'elezion di essa, né basta ad impedirla l'apprension de' mali, danni e che ne possono nascere, perché lontani. E tanto più siamo spinti ad abbracciare il bene presente, allorché abbiamo, o ci figuriamo di aver anche maniera di schivare i mali lontani, o di non perdere i beni, che l'anima mira in lontananza, cioè riserbati all'altra vita.

Per terza cagione del forte impulso degli oggetti sensibili, si ha da considerare l'ordinaria moltiplicazione degli atti, per gli quali diventano sempre più vivaci nella nostra fantasia le loro idee, e la maggior forza della consuetudine per commuovere l'anima alle passioni e agli appetiti. Che ciò fisicamente avvenga, non è da dubitarne, benché non assai si conosca in ciò la maniera, con cui operi la natura. Quanto più un amante mira il volto, e ode le parole della persona amata, tanto più questa idea acquista vigore per commuovere gli appetiti suoi. Sia perché maggiormente si conficchi ed affondi una tale idea nel cerebro, o perché i replicati guardi e colloquj vadano movendo sempre nuovi assalti all'anima, o pure per altra a noi occulta ragione: la verità è, che se ne pruova questo effetto. Il medesimo avviene al conquistatore, e che divora co i desiderj il paese vicino; all'amante dell'osteria: al ladro, al vendicativo, e ad altri. Non succede già la medesima fortuna all'idee intellettuali della giustizia, della temperanza, della mansuetudine, e dell'altre virtù. Quando anche non manchino queste al libro della fantasia di molti, almeno son ivi scritte con caratteri deboli, perché non vi si fa mente sì spesso, come alle sensibili; laonde non essendo rinforzate di tanto in tanto, non portano quella vivacità, che occorrerebbe, per resistere all'empito degli oggetti utili o dilettevoli, moventi l'anima alle operazioni viziose. Chi sappia, oltre a queste, altre cagioni fisiche, dalle quali proceda, che sì sovente prevagliono i fantasmi delle cose sensibili alle idee del bene onesto, non dirò né perduti né vizj, e negli scapestrati ed abituati ne' peccati, ma in chi ancora abborrisce le azioni mal fatte e peccaminose, e sa valersi della sua ragione in altri affari: le potrà aggiugnere a queste. Intanto dopo aver noi scoperta l'origine fisica delle nostre azioni moralmente cattive, resta da vedere, oltre al soccorso delle tre filosofie di sopra accennate, se resti altro mezzo di ajutar l'anima, affinché non soccomba all'urto delle idee seduttrici, inclinanti al male. Dissi inclinanti al malfare, dovendo noi tenere per certo, che non può mai la possanza della nostra immaginazione incatenare e soggiogare il libero nostro arbitrio in maniera, che l'anima non possa ripulsarne l'empito, o ripigliare il dominio che sopra di essa fantasia a lei compete. Imperciocché la volontà nostra naturalmente ritien la possanza di sospendere l'assenso suo a qualsivoglia proposizione, che le venga fatta dall'intelletto, per meglio esaminare occorrendo, se quella contenga il vero o il falso, il giusto o l'ingiusto, l'onestà, o disonestà, l'utilità o il danno. Non facendolo noi, e consentendo ad occhi chiusi al fallo, all'ingiustizia, e precipitando in azioni contrarie alla ragione, alle leggi di Dio, e al nostro vero bene, come potremo poi scusar la negligenza e colpa nostra? Felice pertanto, chi sa per tempo avvezzarsi a rompere il corso impetuoso della fantasia, e sa conservare una tal quiete e libertà di mente, per cui può pacatamente pesare i motivi di operar più tosto nella maniera confacevole alla ragione, che a' nostri brutali appetiti. Queste ragioni non mancano mai a chi saggiamente ama se stesso, e cerca il suo vero bene. Accenniamo dunque in poche parole ciò, che suol giovare all'uomo nel continuo combattimento dello spirito col corpo, ed è a noi insegnato in tanti libri, e massimamente in quei de i santi.

In primo luogo è da desiderar la buona educazion de' figliuoli, argomento trattato da varj eccellenti maestri. Chi ben alleva quelle tenere piante, può sperarne buon frutto a suo tempo. Convien dunque piantar di buon'ora nel loro capo delle salutevoli idee, ispirando ad esse le massime sante del Vangelo, l'amore delle azioni buone, l'abborrimento alle cattive, e mostrando loro la bellezza ed utilità delle prime, la deformità e le perniciose conseguenze dell'altre, con dipingere spezialmente agli adulti, la saviezza di questo o di quel giovane, e gli spropositi ed eccessi di quegli altri. Perché tanto può nella nostra corrotta natura, e sopra tutto in quella de' giovanetti portata all'imitazione l'esempio altrui: troppo è necessario il buono de' genitori, e il difendere quell'imprudente età dall'apprendere dal cattivo esempio altrui le idee della superbia, della lascivia, dell'intemperanza, del giuoco grosso, e di altri dilettevoli, ma dannosissimi vizj. Parlo di lezioni, che ognun sa, e pure non si veggono da tanti e tanti messe dipoi in pratica. Fortificata per tempo l'anima giovanile con li saggi documenti, e colle idee della virtù, e tenuta lungi dall'aspetto di certi lusinghieri vizj, finché sia formato il giudizio: si può dir provveduta di armi potenti per far fronte a i fantasmi incitatori del malfare. Non è già per questo, che sia in salvo la rocca dell'anima, osservandosi tanti giovani ben allevati, ben educati, i quali appena son lasciati in balìa del loro cervello, e spezialmente se di focosa natura, che si mettono a rompicollo per la via dell'iniquità. Resta nulladimeno speranza, che cessato il bollor dell'età, e il seme suffocato delle idee di sapienza risorgerà, e darà in fine buona messe. Non mancano i traviati, ne' quali le buone massime bevute nella verde età, ed unite a i disinganni, servono a rimetterli nel buon cammino. Si dice di una nazione, le cui persone fino all'età di quaranta anni operano da pazzi, ed allora solamente cominciano a vivere da saggi. Questa è un'iperbole, perché ivi ancora tanto dell'uno che dell'altro sesso più sono senza paragon coloro, che menano con saviezza la lor vita non meno nella gioventù, che negli anni seguenti. Comunque nondimeno sia, sempre sarà un gran vantaggio l'aver di buon'ora imparato, e fissato nel cerebro, che il nostro vero bene altronde non può venire, se non dall'amore e dalla pratica della virtù, e non già da i vizj e peccati.

Secondariamente, perché si è veduto qual possanza abbiano per muovere l'anima nostra le idee sensibili, qual debolezza le intellettuali per resistere ad esse: chiunque ama di esser saggio e vero seguace di Cristo, dee far quanto può per accrescere il vigor di quelle massime, e di quei soli principj del retto operare, che sono insegnati dalla santa religione, e dalla miglior filosofia, né vengono dai sensi, ma solamente son dall'intelletto nostro appresi, e riconosciuti per veri, convenienti alla retta ragione, ed atti a produrre la vera nostra felicità. La maniera di aumentare il vigore e la vivacità delle salutevoli idee intellettuali spettanti alla morale e alla fede cristiana, per quel che riguarda il rozzo ed ignorante popolo, poco atto al raziocinare, consiste in presentare alla lor fantasia idee sensibili, che sveglino la memoria delle intellettuali. Le sacre funzioni della Chiesa sommamente per questa ragione giovano ad eccitare e corroborare in essi la venerazione dovuta a Dio, la necessità di ricorrere per ajuto a lui, di amarlo, di chiedere e sperare il perdono ai nostri falli. Mezzo di gran lunga più efficace non solo per apprendere le salutevoli idee, e i più utili e documenti della sapienza, ma per fissarli forte nel capo nostro, si è l'udire le prediche e i sermoni dei sacri ministri della Chiesa di Dio. Ne ha bisogno non solamente l'ignorante popolo, ma chiunque ancora ben fa le dottrine tutte del Vangelo e della morale filosofia. Non si può abbastanza ripetere: le idee spirituali non s'imprimono nella fantasia materiale con quella forza, che osserviamo nelle idee provenienti da i sensi. A fin dunque che acquistino maggior vigore, conviene con replicati e moltiplicati colpi picchiarle nella nostra testa; e dappoiché si crederà di aver fatto assaissimo, sempre si ha da tenere per fermo, che se non si continua a battere il chiodo, l'imparato non servirà al bisogno. Chi ci è, per esempio, che non sia persuaso dell'inevitabil sua morte? E pur di questa sembriamo come dimentichi, e male viviamo, quasi che non si avesse mai a morire e comparire al tribunal di Dio. Però necessaria cosa è l'udire di tanto in tanto i sacri oratori, che ci ricordino questo gran punto e le sue conseguenze. Le immagini delle cose sensibili, oltre all'imprimersi naturalmente con assai vigore nella fantasia, ricevono anche maggior possanza dai medesimi sensi, perché questi tornano tante volte a mirare, o ascoltare, o gustare &c. e con ciò a riferire quegli stessi oggetti, che compariscono sì utili o dilettevoli. Di simili atti replicati abbisognano eziando le massime & idee intellettuali, se han da muovere con energia l'anima nel conflitto contra delle corporee. E ciò si ottiene coll'udir sovente la parola di Dio, ch'è la filosofia e medicina più efficace delle menti nostre.

Un eguale, anzi maggior profitto si può ricavar dal frequente studio delle divine scritture, le cui sante parole ed istruzioni venute dal cielo hanno una particolar virtù per ispirare a noi, e fortificare in noi la conoscenza e l'amore del retto operare, e di tutte le virtù. Ha ben da rimproverare ed accusar se stesso di una supina trascuraggine, chiunque può leggere ed intendere quei sacrosanti libri, e fa in coscienza sua di non averli mai letti una volta in vita sua, contento di quel poco, che se ne trova sparso altrove appresso alla lettura dei Santi Padri, e dei migliori libri ascetici, o sia la divozione, utilissimo pascolo sarà per alimentar le buone massime del viver cristiano e per renderle più familiari all'anima, allorché vuol farle guerra l'immaginazione coi fantasmi degl'illeciti sensibili oggetti. Dissi dei migliori libri, perché questo utilissimo ed importante argomento al pari di ogni altro compreso nella sfera delle cose scientifiche, ha prodotto un'eccessiva copia di volumi, di libercoli, di novene di orazioni, buona parte de' quali, siccome opere superficiali, meglio sarebbe, che non fosse mai venuta alla luce. Non già che nuocano o meritano condanna, ma per essere cagione che l'anime buone non cerchino i libri magistrali della divozione, dove si trova il sugo sostanziale della pietà e l'unzione dello spirito. Incomparabilmente poi crescerà il profitto dell'anima per chi alla lettura dei buoni libri potrà e saprà aggiungere la contemplazione e meditazione dei sacrosanti misterj e dei divini insegnamenti della religion cristiana. Beati per questo i santi, felici tante persone pie, che si applicano a sì fruttuoso esercizio. Piena è la lor testa d'idee della religione; di quel Dio, che tanto amano della vita di quel divino Salvatore, che serve di norma alla lor propria; e di quel paradiso, a cui continuamente aspirano, e che sperano dall'infinita clemenza di Dio per gli meriti del suo benedetto figliuolo. Questi sono i lor familiari fantasmi, tutti consiglieri delle virtù. La meditazione sempre più la va avvalorando. Non è già, che talvolta non possano loro affacciarsene anche dei maligni procedenti dai sensi, e massimamente per chi vive nel secolo. Ma risvegliando l'anima quelle opposte massime, che han tanto polso, vantaggioso suol riuscire il combattimento, non difficile la vittoria.

Una particolare ispezione poi merita la virtù della continenza. Per certa sorta di persone, e spezialmente per chi si dedica al celibato, non basta una buona provvision di quelle salutevoli idee spirituali; d'uopo è ancora il fuggire, per quanto si può, le contrarie portate dai sensi. Può ben chi si truova in tale stato guernirsi di buone armi, ma ove non si cessi di frequentar persone di stato diverso, egli ne riporterà delle immagini sì focose, che metteranno a rischio ogni suo buon proponimento. Anche i santi, e le persone più rintanate nei chiostri, perché non possono bandir le idee sensuali portate dal secolo, o apprese nei tener anni, son suggetti a pericolose battaglie: quanto più poi chi le va sempre più accumulando e invigorendo coll'andare a caccia nel civile commerzio? E ciò perché anche gli umori del corpo segretamente concorrono a mettere in moto le piacenti immagini della fantasia, talmente che la ragione pena a resistere. Però ritiratezza per questi tali, applicazione allo studio delle lettere, od occuparsi in altri onesti esercizj, con sopra tutto ricordarsi, che l'ozio è un veleno, massimamente per chiunque ha temperamento vivace e spiriti rigogliosi. Ad alcuni ancora gioverà, o sarà necessario il mutar paese, acciochè la varietà degli oggetti e la novità dei fantasmi faccia smontar la ferocia di quelli, che aveano preso troppo possesso nell'immaginazione, e cagionavano quei sintomi nell'anima.

Finalmente dopo sì bell'apparato di mezzi fin qui rammentati, parte utili e parte necessarj per rintuzzare l'orgoglio della nostra fantasia, allorché ci sollecita coi suoi fantasmi a prevaricare: ci resta una dolorosa confession da fare. Cioè che noi siam creature imperfette, vasi di creta troppo esposti alla fragilità, con appetiti innati, che ci portano alla lussuria, all'interesse, all'invidia, alla vendetta, all'impazienza, alla superbia, alla gola, e ad altri eccessi; e ci troviamo attorniati da tentazioni, cioè da oggetti sensibili, i quali portati alla fantasia, non può astenersi l'anima dall'apprenderli, e dal provarne commozione. E contuttoché niuna cagion si dia interna o esterna, che la necessiti poi ad eleggere il male morale, pure proviamo in noi un grande pendio ad eleggerlo. Tale è il nostro presente stato, di cui si dolgono anche i santi; di modo che niun di noi, finché vive sulla terra, sia quanto si voglia dotato di virtù, gode il privilegio dell'impeccabilità. Che ripiego dunque resta, per non inciampare e cadere? Ce l'ha insegnato il divino Salvatore nostro, cioè l'orazione a Dio, utile non solo, ma necessario mezzo in questa vita per resistere alle tentazioni. Non ostante la debolezza nostra, assaissimo potrà, chi ricorre di buon cuore per ajuto a chi può tutto. Egli è quello, che invocato con viva fede, non permetterà, che noi soccombiamo. Egli è, e in ogni occasione, ma spezialmente in questa, ha da essere la speranza nostra. Però il mestier nostro dovrebbe dirsi quello di volgere gli occhi e le voci nostre, allorché ci sentiamo assaliti da perversi fantasmi, al nostro buon Padre Iddio, e al dilettissimo suo figlio Cristo Gesù, affinché ci porga la mano, e ci guardi dalle cadute. Fra tanti bei salmi e preghiere, che a questo proposito ci somministra la Chiesa santa, affinché imploriamo il necessario ajuto di Dio, a me sembra pure espressiva la seguente orazione: Deus, qui nos in tantis periculis constitutos pro humana scis fragilitate non posse subsistere: da nobis salutem mentis & corporis, ut ea, quae pro peccatis nostris patimur, te adjuvante vincamus. Cioè: o Dio, il quale sapete, che noi posti in mezzo a tanti pericoli, non possiamo a cagion della nostra fragilità tenersi ritti, deh concedeteci salute di mente e di corpo, acciocché coll'ajuto vostro arriviamo a vincere le tentazioni e tribolazioni, a noi cagionate dai nostri peccati. Da questo soprannaturale soccorso ha da venire la principal nostra fiducia di rimaner superiori alle suggestioni della fantasia, delle cui forze altro non mi resta a parlare.

IL FINE.